El misterio del gran duque

Merline Lovelace

HARLEQUIN™

Editado por Harlequin Ibérica.
Una división de HarperCollins Ibérica, S.A.
Núñez de Balboa, 56
28001 Madrid

© 2014 Merline Lovelace
© 2016 Harlequin Ibérica, una división de HarperCollins Ibérica, S.A.
El misterio del gran duque, n.º 2084 - 3.2.16
Título original: Her Unforgettable Royal Lover
Publicada originalmente por Harlequin Enterprises, Ltd.

I.S.B.N.: 978-84-687-7617-0
Depósito legal: M-39151-2015
Impresión en CPI (Barcelona)
Fecha impresion para Argentina: 1.8.16
Distribuidor exclusivo para España: LOGISTA
Distribuidores para México: CODIPLYRSA y Despacho Flores
Distribuidores para Argentina: Interior, DGP, S.A. Alvarado 2118.
Cap. Fed./Buenos Aires y Gran Buenos Aires, VACCARO HNOS.

Prólogo

¿Quién iba a imaginar que mis días serían tan ricos y plenos a estas alturas de mi vida? Mi querida nieta Sarah y su marido Dev han conseguido compaginar su matrimonio con sus empresas, su trabajo solidario y sus viajes por todo el mundo. Y además, Sarah encuentra tiempo para implicarme en los libros que escribe sobre tesoros perdidos del mundo del arte. Mi aportación ha sido sin duda limitada, pero he disfrutado mucho formando parte de una aventura tan ambiciosa.

Y Eugenia, mi alegre y despreocupada Eugenia, se ha sorprendido a sí misma convirtiéndose en una madre y una esposa increíble. Sus gemelas se parecen mucho a ella a esa edad, con los ojos brillantes y llenos de vida y con personalidades muy distintas. Y lo mejor de todo es que su marido, Jack, podría convertirse en embajador de Estados Unidos en la ONU. Si finalmente se confirma, Gina, los niños y él vivirían a unas cuantas manzanas de aquí.

Hasta que eso ocurra, cuento con la compañía de mi vieja amiga y compañera María. Y Anastazia, mi adorable y seria Anastazia. Zia está en su segundo año de residencia en medicina pediátrica y yo he utilizado sin pudor nuestra lejana relación de parentesco para convencerla de que viva conmigo durante los tres años *de programa. La pobre trabaja hasta el agotamiento, pero María y yo nos aseguramos de que coma bien y descanse al menos un poco.*

Quien me preocupa es su hermano Dominic. Dom insiste en que no está preparado para sentar la cabeza, ¿y por qué debería hacerlo si las mujeres se lanzan a sus brazos? Pero su trabajo me preocupa. Es demasiado peligroso. Me gustaría que dejara de trabajar de incógnito, y puede que haya encontrado la excusa para tener el valor de decírselo. ¡Se llevará una gran sorpresa cuando le hable del documento que ha descubierto la inteligente ayudante de Sarah!

Del diario de Charlotte, gran duquesa de Karlen-burgh.

Capítulo Uno

Agosto azotaba con fuerza Nueva York cuando Dominic St. Sebastian salió de un taxi en la puerta de edificio Dakota. Las olas de calor bailaban como demonios dementes sobre las aceras. Al otro lado de la calle, las hojas resecas caían como confeti amarillo de los árboles de Central Park. Incluso el habitual rugido de taxis y limusinas que atravesaban el West Side parecía más indolente y aletargado.

No podía decirse lo mismo del portero del Dakota. Tan digno como de costumbre con su uniforme de verano, Jerome se levantó del mostrador para sostenerle la puerta al recién llegado.

–Gracias –dijo Dom con un acento ligeramente marcado que le identificaba como europeo a pesar de que el inglés le salía tan natural como el húngaro–. ¿Qué tal está la duquesa?

–Tan obstinada como siempre. No quiso escucharnos a nadie, pero finalmente Zia la convenció para que renunciara a su paseo diario con este calor abrasador.

A Dom no le sorprendió que su hermana hubiera conseguido lo que otros no lograron. Anastazia Amalia Julianna St. Sebastian tenía unos pómulos altos, ojos exóticos y la impresionante belleza de una supermodelo junto con la tenacidad de un bulldog.

Y ahora su preciosa y tenaz hermana estaba viviendo con la gran duquesa Charlotte. Zia y Dom habían conocido a aquella pariente perdida hacía mucho tiempo el año pasado, y al instante formaron un lazo. Tanto que Charlotte había invitado a Zia a vivir en el edificio Dakota durante su residencia pediátrica en el Mt. Sinai.

–¿Sabes si mi hermana ha empezado ya con el nuevo turno? –preguntó Dom mientras Jerome y él esperaban el ascensor.

No le cabía duda de que el portero lo sabría. Seguía la pista de la mayoría de los residentes del Dakota, sobre todo a sus favoritos. Y en cabeza de aquella lista estaban Charlotte St. Sebastian y sus dos nietas, Sarah y Gina. Zia se había incorporado recientemente a aquella selecta lista.

–Empezó la semana pasada –comentó Jerome–. Ella no lo dice, pero yo veo que oncología infantil le está resultando muy duro –sacudió la cabeza–. Pero se ha tomado la tarde libre al saber que venía usted. Ah, y lady Eugenia también está aquí. Llegó anoche con las gemelas.

–No he visto a Gina y a las gemelas desde la fiesta de cumpleaños de la duquesa. ¿Cuánto tiempo tienen ya las niñas? ¿Seis, siete meses?

–Ocho –contestó Jerome suavizando la expresión. Como todo el mundo, estaba prendado de aquel par idéntico de boquitas de piñón, ojos azules como lagos y rizos rubios–. Lady Eugenia dice que ya gatean.

Cuando el ascensor se detuvo en la quinta planta, Dom recordó cómo eran las gemelas la última vez que las vio. Hacían gorgoritos y pompas con la boca y agitaban las manos. Y al parecer ahora habían desarrollado también una poderosa capacidad pulmonar, pensó

6

cuando una desconocida agitada y sonrojada le abrió la puerta de golpe.

–¡Ya era hora! Llevamos…

La mujer se detuvo y parpadeó detrás de las gafas mientras un coro de llantos resonaba en el recibidor de suelo de mármol.

–Usted no es de Osterman –le dijo con tono acusador.

–¿La tienda? No.

–Entonces, ¿quién es…? ¡Ah! ¡Es el hermano de Zia! –agitó las fosas nasales como si de pronto hubiera olido algo desagradable–. El que pasa por la vida de las mujeres como un cuchillo caliente por la mantequilla.

Dom alzó una ceja, pero no podía defenderse de la acusación. Disfrutaba de la compañía de las mujeres. Sobre todo de las que tenían curvas generosas, labios carnosos y querían pasar un buen rato.

La que tenía delante no entraba en ninguna de aquellas categorías, al parecer. Aunque no podía distinguir su figura bajo aquel vestido recto de lino y la chaqueta cuadrada. Y no tenía los labios precisamente carnosos. Eran finos, y esbozaban un gesto apenas disimulado de desaprobación.

–*Igen* –reconoció Dom con indolencia en su lengua materna, el húngaro–. Soy Dominic. ¿Y usted quién eres?

–Natalie –respondió ella parpadeando como un búho detrás de las gafas–. Natalie Clark. Adelante, adelante.

Dom llevaba casi siete años trabajando como agente de la Interpol. Durante aquel tiempo había ayudado a detener a traficantes de drogas, capos del mercado

7

negro y a la escoria que vendía menores a los que pagaran por ellos. El año pasado había ayudado a descubrir una conspiración para secuestrar y asesinar al marido de Gina allí mismo, en la ciudad de Nueva York. Pero al ver la escena que le recibió cuando se detuvo en la entrada del elegante salón de la duquesa estuvo a punto de darse la vuelta y salir corriendo.

Una Gina con gesto agotado trataba de calmar a una niña de cara roja que sollozaba y se retorcía furiosa. Zia tenía en brazos a la segunda, que se mostraba igual de rabiosa. La duquesa estaba sentada con la espalda muy recta y el gesto torcido, mientras que la mujer hondureña que hacía las funciones de acompañante y ama de llaves observaba la escena desde la puerta de la cocina.

Afortunadamente, la duquesa llegó al límite antes de que Dom se viera obligado a huir. Agarró la empuñadura de marfil de su bastón y golpeó el suelo con fuerza dos veces.

–¡Charlotte! ¡Amalia! ¡Ya es suficiente!

Dom no supo si fueron los golpes o el tono de voz, pero los chillidos se cortaron al instante y las niñas se limitaron a sollozar con hipidos.

–Gracias –dijo la duquesa con frialdad–. Gina, ¿por qué no os lleváis Zia y tú a las niñas a su cuarto? María les llevará los biberones en cuanto traigan la leche de Osterman.

–Llegarán enseguida –el ama de llaves volvió a la cocina balanceando sus amplias caderas–. Voy a preparar los biberones.

Gina se dirigía por el pasillo hacia las habitaciones cuando vio a su primo.

–¡Dom! –exclamó lanzándole un beso al aire–. Hablaré contigo en cuanto deje a las niñas.

–Yo también –dijo su hermana con una sonrisa.

Dom dejó la maleta y cruzó el elegante salón para darle un beso a la duquesa en la mejilla. Su piel ajada tenía un cierto aroma a gardenias, y sus ojos parecían nublados por la edad pero no perdían detalle. Incluido el respingo que Dom no pudo ocultar al incorporarse.

–Zia me contó que te dieron una puñalada. Otra vez.

–Solo fue un corte.

–Sí, bueno, tenemos que hablar de esos cortes y de esas heridas de bala que recibes con estresante frecuencia. Pero primero, vamos a servirnos un… –se interrumpió al escuchar el timbre de la puerta–. Esa debe ser la leche. Natalie, querida, ¿te importa firmar la entrega y llevársela a María?

–Por supuesto.

Dom vio cómo la desconocida se dirigía hacia el vestíbulo y le preguntó a la duquesa:

–¿Quién es?

–Una asistente de investigación que Sarah ha contratado para que la ayude con su libro. Se llama Natalie Clark y forma parte del asunto del que quiero hablarte.

Dominic sabía que Sarah, la nieta de la duquesa, había dejado su trabajo como editora en una famosa revista de moda cuando se casó con el multimillonario Devon Hunter. También sabía que Sarah había ampliado su título en Historia del Arte acudiendo a todos los museos del mundo cuando acompañaba a su marido en sus viajes de negocio. Eso, y el hecho de que cientos de años de arte hubieran sido arrancados de muros y pe-

destales cuando los soviéticos se apoderaron del ducado de Karlenburgh décadas atrás, había animado a Sarah a empezar a documentar lo que había aprendido sobre los tesoros perdidos del mundo del arte. También
había llevado a una editorial importante de Nueva
York a ofrecerle una altísima cifra de seis números si
convertía sus notas en un libro.

Lo que Dom no entendía era qué tenía que ver con
él el libro de Sarah, y mucho menos la mujer que ahora
se dirigía a la cocina con la bolsa de Osterman en la
mano. La asistente de Sarah no debía de tener más de
veinticinco o veintiséis años, pero vestía como una
monja. El pelo castaño y apagado recogido en la nuca.
Nada de maquillaje. Gafas cuadradas de culo de vaso.
Zapatos planos y aquel vestido de lino sin forma.

Cuando la puerta de la cocina se cerró tras ella,
Dom preguntó:

–¿Qué tiene que ver Natalie Clark con lo que tienes
que contarme?

La duquesa agitó la mano en el aire.

–Sirve una *pálinka* para cada uno y te lo contaré.

–¿Puedes tomar brandi? Zia me dijo en su último
correo que…

–¡Bah! Tu hermana se preocupa más que Sarah y
Gina juntas.

–Por una buena razón. Es médico. Entiende mejor
tus problemas de salud.

–Dominic –la duquesa le dirigió una mirada géli-
da–, se lo he dicho a mis nietas, se lo he dicho a tu hermana y ahora te lo digo a ti. El día que no pueda tomarme un aperitivo antes de la cena me tendréis que llevar
a una residencia de ancianos.

Dom sonrió, se dirigió al mueble bar y llenó dos copas de cristal.

«Qué guapo es», pensó Charlotte conteniendo un suspiro. Aquellos ojos oscuros y peligrosos. Las cejas pobladas y el pelo brillante y negro. El cuerpo esbelto que había heredado de los enjutos jinetes que cabalgaban por la estepa a lomos de sus caballos y que asolaron Europa. Por sus venas corría sangre magiar, igual que por las de Charlotte, combinada pero no borrada por siglos de matrimonios mixtos entre los miembros de la realeza del antaño poderoso imperio austrohúngaro.

El ducado de Karlenburgh había formado parte de aquel imperio. Una parte muy pequeña, sin duda, pero cargada de historia que se remontaba a más de setecientos años atrás. Ahora solo existía en los viejos libros de historia, y uno de aquellos libros estaba a punto de cambiarle la vida a Dominic. Ojalá fuera para mejor, aunque Charlotte dudaba de que él lo viera así. Al menos al principio. Pero con el tiempo…

Charlotte alzó la vista cuando la instigadora de aquel cambio regresó al salón.

–Ah, aquí estás, Natalie. Estamos a punto de tomarnos un aperitivo. ¿Te apetece?

–No, gracias.

Dom se detuvo con la mano en el tapón de la botella de cristal que Zia y él le habían regalado a la duquesa cuando se conocieron. Sonrió para suavizar la tensión de la investigadora.

–¿Seguro? Este brandi de albaricoque es una especialidad de mi país.

–Seguro.

Dom parpadeó. *Mi a fene!* ¿Había vuelto a abrir aquella mujer las fosas nasales como si hubiera olido algo desagradable? ¿Qué le habían contado Zia y Gina de él?

Se encogió de hombros, sirvió el brandi en dos copas y le llevó una a la duquesa antes de sentarse en la silla al lado de su tía abuela.

–¿Cuánto tiempo te quedarás en Nueva York? –preguntó la duquesa tras dar un buen trago.

–Solo una noche. Mañana tengo una reunión en Washington.

–Mmm. Debería esperar a que vengan Zia y Gina para hablar contigo de esto, pero ellas ya están al corriente.

–¿De qué?

–El edicto de 1867 –Charlotte dejó su copa a un lado. Los ojos azules le brillaban de emoción–. Como tal vez recuerdes por los libros de historia, la guerra de Prusia obligó al emperador Francisco José a hacer ciertas concesiones a sus inquietos súbditos húngaros. El edicto de 1867 concedía a Hungría autonomía interna total siempre que siguiera formando parte del imperio en cuestiones de guerra y de asuntos exteriores.

–Sí, lo sé.

–¿Sabías también que Karlenburgh añadió su propio anexo al acuerdo?

–No, pero no tenía por qué saberlo –respondió Dom con dulzura–. Karlenburgh es tu legado, duquesa, no el mío. Mi abuelo, el primo de tu marido, dejó el castillo de Karlenburgh mucho antes de que yo naciera.

Y el ducado dejó de existir poco después de aquello. La Primera Guerra Mundial minó el antaño poderoso imperio austrohúngaro. La Segunda Guerra Mundial, la brutal represión de la Guerra Fría, la repentina disolución de la Unión Soviética y los terribles intentos de «limpieza étnica» habían provocado el violento cambio del mapa político de Europa del Este.

–Tu abuelo se llevó su apellido y su linaje con él cuando salió de Karlenburgh, Dominic –Charlotte se le acercó y le agarró el brazo con los dedos–. Tú heredaste ese linaje y ese apellido. Eres un St. Sebastian. Y el actual gran duque de Karlenburgh.

–¿Qué?

–Natalie lo averiguó durante su investigación. El anexo. El emperador Francisco José confirmó que los St. Sebastian ostentarían los títulos de gran duque y gran duquesa a perpetuidad a cambio de defender las fronteras del imperio. El imperio ya no existe, pero a pesar de las guerras y las revueltas, la pequeña franja de terreno entre Austria y Hungría permanece intacta. Y por tanto el título también.

–Sobre el papel tal vez. Pero las tierras, las mansiones, los pabellones de caza y las granjas que una vez formaron parte del ducado tienen ahora otros dueños. Haría falta una fortuna y décadas de juicios para reclamar alguna de esas propiedades.

–Sí, las tierras y las mansiones ya no son nuestras. Pero el título sí. Sarah se convertirá en gran duquesa cuando yo muera. O Gina, si, Dios no lo quiera, algo le ocurriera a su hermana. Pero se han casado con plebeyos. Según las leyes de primogenitura, sus maridos no pueden ostentar el título de gran duque. Hasta que Sarah o Gina no tengan un hijo varón o sus hijas se casen con un miembro de la realeza, el único que puede reclamar ese título eres tú, Dom.

Dom sintió ganas de bromear y de decir que con eso y diez dólares tal vez pudiera conseguir un café decente en alguna de las carísimas cafeterías de Nueva York.

Se tragó el sarcasmo, pero miró de reojo a la mujer que mantenía una expresión de educado interés como si no fuera ella quien había iniciado aquella ridícula conversación. Dom tenía un par de cosas que decirle a la señorita Clark sobre alterar a la duquesa con un asunto que sin duda era entrañable para ella pero que tenía poca importancia en el mundo real.

Sobre todo en el mundo de un agente infiltrado.

Dom no permitió que ninguno de aquellos pensamientos se le reflejara en la cara cuando tomó la mano de Charlotte en la suya.

—Agradezco el honor que quieres concederme, duquesa. De verdad. Pero debido a mi trabajo, no puedo ir por ahí con un título colgado al cuello.

—Sí, de eso quería también hablar contigo. Llevas ya demasiados años viviendo al límite. ¿Cuánto tiempo crees que podrás seguir sin que te hieran de gravedad?

—Eso es justo lo que yo le digo —comentó Zia al entrar en el salón.

Se había puesto sus vaqueros favoritos y una camiseta roja que contrastaba con sus oscuros ojos y la larga melena, tan negra y brillante como la de su hermano. Cuando Dom se puso de pie y abrió los brazos, Zia se refugió en ellos y le abrazó con cariño.

Solo tenía cuatro años menos que Dom, veintisiete, pero Dom había asumido toda la responsabilidad de su hermana adolescente cuando sus padres murieron. También estuvo allí, al lado de su cama del hospital, cuando estuvo a punto de morir desangrada tras la rotura de un quiste uterino en su primer año de universidad. Las complicaciones surgidas de aquel episodio cambiaron la vida de Zia en muchos sentidos.

Lo que no había cambiado era el instinto de protección de Dom. No importaba dónde le llevara su trabajo ni lo peligrosa que fuera la misión en la que estaba metido, si Zia le enviaba un mensaje de texto codificado, se ponía en contacto con ella en cuestión de horas, cuando no de minutos.

—No tienes que seguir siendo agente. Tu jefe de la Interpol me ha dicho que tiene un puesto de jefe de sección esperándote cuando quieras aceptarlo.

—¿Me ves detrás de un escritorio, Zia?

—¡Sí!

—Qué mal mientes. No aguantarías ni cinco minutos de interrogatorio.

Gina había vuelto durante aquella breve conversación. Se echó hacia atrás los salvajes rizos y entró en la refriega.

—Jack dice que serías un excelente intermediario para el Departamento de Estado. De hecho quiere hablar contigo de ello mañana cuando vayas a Washington.

—Con el debido respeto a tu marido, lady Eugenia, no estoy listo para unirme a las filas de los burócratas.

El uso de su título honorífico hizo que Gina hiciera una mueca irreverente.

—Ya que estamos lanzando títulos, ¿te ha contado la abuela lo del anexo?

—Sí.

—Entonces… —Gina extendió la falda de su vestido de verano verde e hizo una reverencia teatral.

Dom murmuró entre dientes algo muy poco regio. Afortunadamente, la señorita Clark lo tapó al ponerse de pie.

–Discúlpenme. Este es un asunto familiar. Les dejaré para que hablen de ello y volveré a mi investigación. Duquesa, ¿me llamará cuando le parezca conveniente que continuemos con la entrevista?

–Lo haré. Estarás en Nueva York hasta el jueves, ¿no es así?

–Sí, señora. Luego volaré a París para cotejar mis anotaciones con Sarah.

–Nos reuniremos antes entonces.

–Gracias –la mujer se inclinó para recoger el abultado maletín que había dejado apoyado contra la pata de la silla. Luego se incorporó y se subió las gafas–. Encantada de conocerla, doctora St. Sebastian. Y me alegro de verla otra vez, lady Eugenia.

No cambió de tono. Ni tampoco la educada expresión. Pero a Dom no se le pasó por alto lo que le pareció un gesto de desdén en sus ojos castaños cuando inclinó la cabeza hacia él.

–Alteza.

Dom tampoco cambió de expresión, pero tanto su hermana como su prima reconocieron el tono de voz repentinamente suave.

–La acompaño a la puerta.

–Gracias, pero puedo ir sola… Oh, de acuerdo.

Natalie parpadeó como un búho detrás de las gafas. La sonrisa no abandonó el rostro ridículamente bello de Dominic St. Sebastian. La mano que le agarraba el antebrazo no le dejaría cardenal, pero sentía como si la estuvieran sacando de la escena de un crimen. Sobre todo cuando él se detuvo con la mano en el picaporte y entornó los ojos al mirarla.

–¿Dónde se aloja?

¡Dios mío! ¿Estaba intentando ligar? No, no podía ser. Ella no era su tipo. Según lo que contaba Zia entre risas, a su hermano el soltero le gustaban las rubias de piernas largas o las morenas voluptuosas. Y salía con muchas, a juzgar por los avinagrados comentarios de la duquesa respecto a sus juergas.

Aquello era lo que había predispuesto a Natalie en contra de Dominic St. Sebastian. Una vez se enamoró de un hombre demasiado guapo y demasiado manipulador y tendría que pagar el resto de su vida por aquel error. Pero intentó con todas sus fuerzas que no se le notara el desdén en la voz cuando se soltó el brazo.

–No creo que sea asunto suyo dónde me aloje.

–Usted lo ha convertido en asunto mío con esa tontería del anexo.

Vaya. Podía agarrarle el brazo. Podía llevarla casi a rastras hasta la puerta. Pero no podía despreciar su investigación.

Completamente indignada, Natalie le respondió con fuego.

–No es ninguna tontería, algo que usted sabría si mostrara algún interés por la historia de su familia. Le sugiero que muestre un poco más de respeto por su linaje, alteza. Y por la duquesa.

Dom murmuró algo en húngaro que a Natalie no le pareció particularmente elogioso y luego apoyó un codo en la puerta y se inclinó hacia ella. Podía verse reflejada en sus pupilas.

–El respeto que le tengo a Charlotte es la razón por

la que usted y yo vamos a tener una charla privada, ¿de acuerdo? Se lo vuelvo a preguntar: ¿dónde se aloja?

Estaba mostrando sus raíces magiares, pensó Natalie nerviosa. Tendría que haberlo advertido por su fuerte acento. Tendría que haberse ido corriendo a esconderse en el caparazón protector en el que llevaba tanto tiempo viviendo que ya formaba parte de ella. Pero una chispa de su antiguo ser la llevó a alzar la barbilla.

–Se supone que es usted un peligroso agente secreto –dijo con frialdad–. Averigüe esa información por sí mismo.

Lo haría, se prometió Dom cuando la puerta se cerró tras ella con un ruido seco. Desde luego que lo haría.

Capítulo Dos

Dom solo tuvo que hacer una llamada para conseguir la información esencial. Natalie Elizabeth Clark. Nacida en Illinois. Veintinueve años, un metro sesenta y siete de estatura, pelo castaño, ojos marrones. Soltera. Graduada en Biblioteconomía por la Universidad de Michigan, especializada en archivos y empleada del archivo de la Universidad de Centerville durante tres años y en la junta del Estado de Illinois durante cuatro. Residente actualmente en Los Ángeles, donde trabajaba como asistente personal de Sarah St. Sebastian.

¡Una archivera, por el amor de Dios!

Dom sacudió la cabeza mientras el taxi se dirigía al centro a última hora de aquella tarde. Se la imaginó en un cubículo pequeño, la cabeza inclinada hacia la pantalla de un ordenador, los ojos mirando fijamente a través de las gruesas gafas una interminable fila de documentos que había que verificar, codificar y almacenar electrónicamente. ¡Y lo así durante siete años! Dom se habría hecho el harakiri a la semana. No era de extrañar que hubiera aprovechado la oportunidad de trabajar con Sarah como ayudante de su libro. Al menos ahora viajaba por todo el mundo para conseguir algunos documentos.

Cuando el taxi llegó al hotel, Dom no se molestó en detenerse en recepción. La llamada de teléfono le había confirmado que la señorita Clark se había registrado en la habitación 1304 dos días atrás. Dos minutos más tarde llamó con los nudillos a la puerta. No hubo respuesta. Volvió a llamar.

—Señorita Clark, soy Dominic St. Sebastian. Sé que está usted ahí. Abra la puerta.

Ella obedeció, pero no parecía contenta.

—Se considera de buena educación llamar antes para concertar una cita en lugar de presentarse en la puerta de una persona.

La humedad de agosto había convertido su vestido de lino sin forma en un mapa arrugado, y había cambiado los mocasines por las chanclas del hotel. Se había soltado el pelo, que ahora le enmarcaba el rostro con unas ondas gruesas. Miró a Dom con frialdad a través de la gafas.

—¿Puedo preguntarle por qué ha venido hasta el centro de la ciudad para hablar conmigo?

Dom se había estado preguntando lo mismo. Había confirmado que aquella mujer era quien decía ser. Lo cierto que era que seguramente no le habría prestado ninguna atención a Natalie Clark si no hubiera sido por la forma que tenía de abrir las fosas nasales. Su desdén había despertado al policía que había en él.

—Me gustaría saber más del anexo que ha descubierto, señorita Clark.

—Por supuesto. Estaré encantada de enviarle por correo electrónico la documentación que…

—Preferiría ver lo que tiene ahora. ¿Puedo entrar o vamos a seguir hablando en el pasillo?

Ella apretó los labios y se echó a un lado. Su resistencia intrigó a Dom. Y sí, también despertó su instinto de cazador. Lástima que tuviera aquella reunión de la Interpol al día siguiente en Washington. Podría ser interesante ver cómo aquellos labios despectivos se suavizaban y susurraban su nombre en un suspiro.

–Tengo una copia escaneada del anexo en el ordenador –dijo ella tomando asiento en el escritorio–. Se la voy a imprimir.

Dom tuvo que dar un paso atrás para dejar que se sentara, pero el alivio que sintió Natalie se terminó enseguida cuando él apoyó una mano en la mesa y se inclinó para mirar por encima de su hombro. La respiración de Dom le acariciaba las sienes.

–¿Así que este es el documento que la duquesa cree que me convierte en duque? –preguntó cuando apareció la imagen escaneada en pantalla.

–En gran duque –le corrigió Natalie dándole a la tecla de imprimir.

Dom agarró el documento y se puso cómodo en la butaca mientras intentaba descifrarlo.

–Encontré el anexo al investigar un cuadro de Canaletto que una vez estuvo colgado en el castillo de Karlenburgh –le explicó–. Encontré una referencia a ese cuadro en el Archivo Estatal de Austria en Viena. Los archivos son tan amplios que se tardarían años en digitalizarlos todos. Pero los resultados son impresionantes. El documento más antiguo data del año 816.

Dom asintió, no estaba particularmente interesado en aquella información que para Natalie resultaba tan fascinante. Desmoralizada, volvió al punto importante.

–El anexo estaba incluido en una vasta colección de cartas, tratados y proclamaciones relacionados con la guerra austroprusiana. Y básicamente consta lo que la duquesa le dijo antes. Aunque ya no exista el ducado como tal, la franja de terreno entre Austria y Hungría se ha mantenido a través de las guerras y las invasiones. Igual que el título.

Dom emitió un sonido despectivo por la nariz.

–Usted y yo sabemos que este documento no vale ni el papel en que lo ha impreso.

–Esa no es la opinión de la duquesa –respondió Natalie ofendida.

–Sí, y por eso tenemos que hablar usted y yo –Dom se guardó la copia en el bolsillo y la miró muy serio con los ojos entornados–. Charlotte St. Sebastian escapó por los pelos de Karlenburgh con su bebé en brazos y caminó durante cuarenta o cincuenta kilómetros por la nieve. Ya sé que según la leyenda consiguió llevarse una fortuna en joyas. Ni lo confirmo ni lo desmiento, pero no se le ocurra aprovecharse del deseo de la duquesa de ver la continuidad de su legado.

–¿Aprovecharme? –Natalie tardó unos instantes en caer, y cuando lo hizo apenas podía hablar por la rabia–. ¿Cree… cree que ese anexo es parte de un plan que he ideado para sacarle dinero a los St. Sebastian?

Natalie se puso de pie de un salto. Dom también se levantó con la gracilidad de un atleta y se encogió de hombros.

–Por ahora no. Pero si descubro lo contrario, usted y yo tendremos otra charla.

–Márchese de aquí. Ahora mismo.

Cuando el taxi le llevó de regreso para hacerles una última visita a la duquesa y a su hermana, Dom no sabía si su encuentro con la señorita Clark le había aclarado las dudas. Había algo en la investigadora que le desconcertaba. Vestía como una monja y no le gustaba destacar en público, pero cuando se enfadó con él y la furia le tiñó las mejillas de rojo y los ojos de fuego, aquella mujer no podía ser ignorada. Era una fiera a la que había que domar, lástima que él no tuviera tiempo para hacerlo.

–¿Ya estás de vuelta? –le preguntó Zia cuando le abrió la puerta al llegar al apartamento de la duquesa–. ¿La señorita Clark no ha sucumbido a tu encanto masculino? –bromeó–. Vamos, entra. Sarah está hablando con Charlotte por videoconferencia. Esa conversación te interesa.

Dom siguió a su hermana al comedor. Al entrar vio a la duquesa sentada frente a su iPad con el bastón en la mano mientras Gina le sostenía la pantalla sentada en el suelo.

La voz de Sarah se escuchaba a través del altavoz y sus elegantes facciones llenaban prácticamente toda la pantalla. Su marido ocupaba el resto.

–Lo siento, abuela –estaba diciendo la joven–. Alexis me llamó para ofrecerme la posibilidad de darle publicidad a mi libro en *Beguile*. Quería utilizar ambos ángulos –arrugó la nariz–. Mi antiguo puesto en la revista y el título. Ya sabes cómo es.

–Sí –murmuró la duquesa–. Lo sé.

–Le dije que el libro no estaba todavía listo para anunciarlo. Desafortunadamente, también le dije que vamos más rápido de lo que pensaba porque he contratado a una asistente muy inteligente. Presumí de la carta que Natalie encontró en los archivos de la Casa de

Parma, y… –dejó escapar un suspiro–. Cometí el error de mencionar el anexo con el que se había topado mientras investigaba el Canaletto.

–No lo entiendo –Gina se incorporó un poco en el suelo –. ¿Qué tiene de malo que Alexis sepa lo del anexo?

–Bueno –Sarah se sonrojó un poco–. Me temo que también le mencioné a Dominic.

El aludido soltó una palabrota entre dientes y Gina dejó escapar un gemido.

–¡Oh, Dios mío! Tu editora se va a agarrar a eso con uñas y dientes. Predigo otra edición con una lista de los diez mejores, esta vez con los solteros de la realeza más sexys.

–Lo sé –dijo su hermana con angustia–. Cuando veas a Dominic, por favor, dile que lo siento muchísimo.

–Está aquí –Gina alzó la mano y le hizo un gesto para que se acercara–. Díselo tú misma.

Cuando Dominic se colocó frente a la cámara del iPad, Sarah le lanzó una mirada de sentida disculpa.

–Lo siento mucho, Dom. Le hice prometer a Alexis que no se volvería loca con esto, pero…

–Pero será mejor que te prepares, amigo –dijo Dev, su marido, desde detrás de su hombro–. Tu vida está a punto de volverse muy, muy complicada.

–Puedo manejarlo –replicó Dom con más confianza en sí mismo de la que sentía en aquel momento.

–¿Eso crees? –Dev se rio entre dientes–. Espera a que las mujeres empiecen a intentar deslizarte su número de teléfono en el bolsillo de los pantalones y los reporteros te pongan las cámaras en la cara.

La primera perspectiva no le pareció tan repulsiva a Dom. La segunda le resultó improbable… hasta que salió del taxi para su reunión en Washington al día siguiente por la tarde y le pillaron por sorpresa los reporteros, que salivaban ante el olor de sangre fresca.

–¡Alteza! ¡Aquí!

–¡Gran duque!

–¡Eh! ¡Señoría!

Dom sacudió la cabeza ante la fijación de los americanos por todo lo relacionado con la realeza, se tapó la cara con las manos como si fuera un delincuente y atravesó la manada de perros hambrientos de noticias.

Capítulo Tres

Dos semanas más tarde, Dominic seguía de muy mal humor. Empezó a estarlo cuando una docena de periódicos americanos y europeos publicaron su foto en portada, anunciando a bombo y platillo la aparición del perdido gran duque.

Cuando saltó la noticia, esperaba que le llamaran a la sede principal de la Interpol. Incluso anticipó la sugerencia de su jefe para que se tomara un tiempo de vacaciones hasta que las aguas se calmaran. Lo había anticipado, sí, pero no le gustó que le apartaran del servicio y lo enviaran a casa, a Budapest, a cruzarse de brazos.

Aquella tormenta había afectado también a su vida personal. Aunque el marido de Sarah trató de avisarle, Dom había subestimado el impacto que su supuesta pertenencia a la realeza provocaría en las mujeres que conocía. Su móvil empezó de pronto a echar humo. Algunas llamadas eran de amigas, otras de antiguas amantes. Pero también le llamaron muchas desconocidas que aseguraban sin ningún pudor querer conocer al nuevo duque en persona.

Dom rechazó a casi todas con una risa y a otras con más sequedad. Pero una le pareció tan divertida y tan sexy por teléfono que quedó con ella en un café. Resultó ser una morena alta y seductora tan cautivadora como le había parecido por teléfono. Dom estaba más que dispuesto a acceder a su propuesta de ir a su apartamento, pero entonces ella le pidió al camarero que les hiciera una foto con el móvil. Y tuvo el coraje de enviarla por correo electrónico allí mismo. Solo a unos cuantos amigos, se explicó con una sonrisa. Uno de ellos, según descubrió Dom unos días más tarde, era un reportero de un periódico local.

Aparte de la atención de las desconocidas, parecía que la carga de aquella publicidad no deseada había provocado que incluso sus amigos y sus socios lo miraran con ótros ojos. Para la mayoría de ellos ya no era Dominic St. Sebastian. Era Dominic, el gran duque de un condado que hacía medio siglo que ya no existía.

Así que no le gustó que alguien llamara a la puerta de su apartamento en aquella fresca noche de septiembre. Sobre todo porque el ruido provocó que empezara a ladrar el perro que le había seguido un año atrás hasta su casa y que había decidido quedarse a vivir allí.

–Será mejor que no se trate de ningún reportero –murmuró mientras echaba un ojo por la mirilla. El pequeño recibidor estaba ocupado por dos policías de uniforme y una mujer desaliñada que no reconoció hasta que abrió la puerta.

–¡Natalie! –exclamó–. ¿Qué te ha pasado?

Ella no contestó, estaba demasiado ocupada tratando de apartar al perro de sus piernas. Dom le agarró del collar, pero siguió sin obtener respuesta. Natalie se limitó a mirarle con el ceño fruncido y los mechones de pelo pegados a la cara.

–¿Es usted Dominic St. Sebastian, el gran duque? –preguntó uno de los policías.

Dom siguió agarrando el collar del perro.

–Sí.

–¿Conoce usted a esta mujer? –preguntó el segundo oficial señalando a Natalie.

–Sí –Dom escudriñó a la investigadora desde el pelo revuelto hasta la chaqueta destrozada y los mocasines de hombre–. ¿Qué diablos te ha pasado?

–Tal vez sería mejor que entráramos –sugirió el agente.

–Sí, por supuesto.

Los policías acompañaron a Natalie dentro y Dom encerró al perro en el baño antes de unirse a ellos. Aparte del pequeño cuarto de baño, el espacio consistía en un ático tipo almacén y estaba situado en el prestigioso distrito de la Colina del Castillo, en la parte Buda del río. Tenía un tejado abatible con unas vistas al Danubio que dejaban a todo el mundo con la boca abierta.

Aquella noche no fue una excepción. Los tres se quedaron embobados mirando el chapitel con bóveda del ático y el ventanal que daba al edificio del parlamento situado al otro lado del río.

Dom atajó el momento con rudeza.

–Siéntense, por favor. Y luego que alguien me cuente qué está pasando.

–Se trata de esta mujer –el primer policía sacó un bloc de notas del bolsillo de la camisa–. ¿Cómo ha dicho que se llamaba?

Dom miró fijamente a Natalie.

–¿No les has dicho tu nombre?

–No… no lo recuerdo.

–¿Qué?

Ella frunció el ceño todavía más.

–No recuerdo nada.

–Excepto al gran duque –intervino el oficial.

–Un momento –ordenó Dom–. Empecemos por el principio.

El policía asintió y pasó las hojas del bloc.

–Para nosotros el principio es hoy a las 10:32 de la mañana, cuando nos llegó el aviso de que unos peatones habían sacado a una mujer del Danubio. Acudimos y encontramos a esta joven sentada en la orilla con sus rescatadores. No tenía zapatos, ni bolso ni teléfono, ni recordaba cómo terminó en el río. Cuando le preguntamos su nombre o el de algún amigo o familiar aquí en Budapest, lo único que nos dijo fue: «El gran duque».

–¡Dios mío!

–Tenía un chichón del tamaño de un huevo en la cabeza, debajo del pelo, lo que sugiere que debió caerse de un puente o de un barco turístico y se golpeó en la cabeza. La llevamos al hospital y los médicos no encontraron señales de lesión grave ni de conmoción, solo la pérdida de memoria. El médico dijo que es normal. Solo teníamos dos opciones: dejarla en el hospital o traerla a la casa de la única persona que parece conocer en Budapest… El gran duque.

–Yo me ocuparé de ella –prometió–. Pero debe tener una habitación reservada en algún hotel de la ciudad.

–Si es así se lo haremos saber –el policía sacó un bolígrafo–. ¿Cómo ha dicho que se llama?

–Natalie. Natalie Clark. Es americana y trabaja como asistente de investigación para mi prima Sarah –Dom se giró hacia ella–. Natalie, se supone que ibas a encontrarte con Sarah esta semana en París, ¿verdad?

–¿Sarah?

–Mi prima. Sarah St. Sebastian Hunter.

Natalie se quedó mirando al vacío por toda respuesta.

–Me duele la cabeza –se levantó de la silla y torció el gesto–. Estoy cansada. Y esta ropa apesta.

Dicho aquello, se dirigió hacia la cama sin hacer situada en el extremo del ático. Se quitó los zapatos y Dom se puso de pie en cuanto la vio sacarse la chaqueta destrozada.

–¡Un momento!

–Estoy cansada –repitió ella–. Necesito dormir.

Natalie se tumbó bocabajo en la cama. Los tres hombres observaron con sorpresa cómo hundía la cara en la almohada.

–Bueno, supongo que nosotros hemos terminado aquí –dijo uno de los agentes–. Ahora que sabemos su nombre rastrearemos su entrada al país y sus movimientos en Hungría. También averiguaremos si está registrada en algún hotel. Y usted llámenos si recuerda por qué apareció en el Danubio, ¿de acuerdo? Mi nombre es Gradjnic.

–De acuerdo.

Cuando se marcharon, Dom le abrió la puerta al perro, que se fue a olisquear a la desconocida que estaba espatarrada sobre la cama. Decidió que no suponía ninguna amenaza y volvió al salón. Allí se tumbó frente a la ventana para observar a los barcos iluminados cruzar el río.

Dom agarró el teléfono y marcó un número. Cinco tonos de llamada más tarde, su adormilada prima respondió.

–¿Hola?

–Sarah, soy Dom. ¿Dónde estás?

–Eh… estamos en China –añadió–. ¿Va todo bien? ¿Cómo está la abuela? ¿Gina? ¿Zia? ¡Oh, Dios mío! ¿Les pasa algo a las gemelas?

–Todas están bien, Sarah. Pero no puedo decir lo mismo de tu asistente de investigación. Al parecer se cayó de un puente cuando cruzaba el río en barco. La recogieron esta mañana.

–¿Está-está muerta?

–No, pero tiene un buen chichón en la base del cráneo y no recuerda nada. Ni siquiera su nombre.

–Dios mío –se escuchó ruido de sábanas–. Natalie está herida, Dev. ¿Puedes llamar a tu tripulación para que preparen el jet? Tengo que volar a París ahora mismo.

–No está en París –intervino Dom–. Está en Budapest conmigo.

–¿En Budapest? Pero… ¿cómo? ¿Por qué?

–Confiaba en que tú me lo dijeras.

–No dijo nada sobre Hungría cuando nos reunimos en París la semana pasada. Solo que tal vez viajara a Viena para investigar un poco más el anexo –dijo Sarah con cierto tono acusatorio–. Dijiste algo al respecto que al parecer le molestó.

Dom había dicho muchas cosas, pero no quería hablar de ellas en aquel momento.

–Entonces, ¿no sabes por qué está aquí en Hungría?

–No tengo ni idea. ¿Está contigo ahora? Déjame hablar con ella.

–Está frita, Sarah. Será mejor que te pongas en contacto con su familia.

–No tiene familia.

–Debe haber alguien. ¿Sus abuelos? ¿Algún tío?

–No tiene a nadie –insistió Sarah–. Dev la investigó en profundidad antes de que yo la contratara. Natalie no sabe quiénes son sus padres ni por qué la abandonaron de niña. Vivió con varias familias de acogida hasta que pudo salir del sistema a los dieciocho años y consiguió una beca completa para estudiar en la Universidad de Michigan.

Aquello completaba sin duda la información básica que Dom había recopilado.

–Volaré de inmediato a Budapest –estaba diciendo Sarah–. Y me llevaré a Natalie a casa conmigo hasta que recupere la memoria.

Dom volvió a mirar a la investigadora. El instinto le dijo que lamentaría lo que estaba a punto de decir.

–¿Por qué no lo dejas estar por ahora? Tal vez cuando mañana se despierte se encuentre bien. Te llamaré.

–No sé…

–Te llamaré en cuanto se despierte, Sarah.

Su prima accedió a regañadientes y Dom colgó. Había trabajado demasiado tiempo como agente encubierto como para saber que no todo era lo que parecía. Especialmente cuando se trataba de una mujer rescatada del Danubio que no tenía ninguna razón para estar en Budapest. Marcó otro número en el teléfono. Su contacto en la Interpol respondió al segundo tono.

–*Oui?*

–Soy Dom –respondió él en francés–. ¿Recuerdas los datos que te pedí hace dos semanas sobre Natalie Clark? Pues necesito que investigues más a fondo.

Cuando colgó, se quedó mirando a su inesperada invitada unos instantes. Tenía la falda enredada alrededor de las pantorrillas y parecía que los botones de la blusa le estuvieran ahogando. Tras un segundo de vacilación, Dom le dio la vuelta. Le desabrochó la blusa y se la estaba quitando cuando Natalie abrió los ojos y murmuró:

–¿Qué haces?

–Ponerte cómoda.

Se volvió a dormir antes de que le quitara la blusa y la falda. Llevaba unas braguitas sencillas, de algodón blanco, que cubrían, según descubrió Dom, unas caderas estrechas y un trasero firme. Resistió el deseo de quitarle la ropa interior y se limitó a taparla con las sábanas. Hecho aquello, abrió una lata de cerveza y se sentó para pasar una noche de vigilia.

Volvió a darle la vuelta justo después de media noche y le levantó un párpado. Natalie soltó un gruñido y le apartó la mano.

Volvió a despertarla dos horas después.

–Natalie, ¿me oyes?

–Lárgate.

Hizo una última comprobación antes del amanecer. Luego se estiró en el sofá de piel y observó cómo la noche oscura se volvía dorada y rosa.

Algo húmedo y frío le rozó el codo. El hombro. La barbilla. Pero Natalie no se despertó hasta que una tira de cuero áspero le raspó la mejilla. Parpadeó varias veces, se dio cuenta de que estaba en una cama y abrió los ojos.

—¡Puaj!

Una boca brillante y rosa se cernía a escasos centímetros de sus ojos. Asustada, Natalie reculó y el perro lo interpretó como una señal para que se subiera a la cama. Soltó un ladrido y se lanzó sobre el colchón. Puso en marcha la lengua otra vez y le lamió las mejillas y la barbilla.

—¡Eh, para! —su alegría era contagiosa, y Natalie no tuvo más remedio que reírse—. Vale, vale, a mí también me caes bien, pero ya basta con la lengua. Eres muy bonito. ¿Cómo te llamas?

—No tiene nombre.

La respuesta le llegó por la espalda. Natalie se dio la vuelta en la cama y miró con asombro hacia el enorme espacio sin apenas muebles. Las vigas del techo sugerían que se trataba de un ático. Un ático impresionante y completamente renovado con suelos de roble y moderna iluminación. No había paredes, solo un mostrador hecho de bloques de vidrio que separaba la zona de la cocina. El hombre que estaba detrás del mostrador parecía muy cómodo en aquel espacio. Llevaba una camiseta de fútbol de rayas rojas y negras que le marcaba los músculos.

Natalie le vio servir dos tazas de café y acercarse con ellas a la cama. El perro se incorporó al verle aproximarse, y ella hizo lo mismo tapándose con la sábana. Por alguna razón que no alcanzaba a entender, había dormido en ropa interior.

El hombre dijo una orden en un idioma que ella no entendió. El perro se bajó de la cama a regañadientes.

–¿Cómo te encuentras? ¿Te duele la cabeza?

Natalie giró el cuello despacio.

–No creo… ¡Ay! –dio un respingo y se tocó el chichón del cráneo–. ¿Qué ha pasado?

–Al parecer te caíste de un puente cuando ibas en un barco turístico y te golpeaste en la cabeza. ¿Quieres una aspirina?

–¡Sí, por favor!

El hombre le pasó una de las tazas y luego cruzó hacia lo que parecía ser el baño. Natalie aprovechó su breve ausencia para deslizar otra vez la mirada por la estancia en busca de algo que le resultara familiar.

Sintió un escalofrío de pánico cuando finalmente aceptó que estaba sentada en una cama deshecha en un apartamento desconocido. Levantó la taza con dedos temblorosos y le dio un sorbo.

–Tómate esto –le dijo el desconocido dándole una aspirina y un vaso de agua.

Natalie se le quedó mirando un instante.

–Vale –dijo en voz baja y algo temblorosa–. ¿Quién eres tú?

Capítulo Cuatro

Soy Dominic. Dominic St. Sebastian. Dom para los amigos y la familia –la miró a los ojos para ver si veía en ellos una señal de reconocimiento. Nada –el primo de Sarah –añadió.

Nada. Ni un parpadeó.

–Sarah St. Sebastian Hunter. La nieta de Charlotte, gran duquesa de Karlenburgh.

–¿Karlenburgh?

–Estás investigando un documento relacionado con ese ducado. Un anexo especial.

Natalie dejó escapar un suspiro y se acercó al extremo de la cama con la sábana en el pecho.

–No te conozco ni a ti, ni a tu prima ni a su abuela. Y ahora, si no te importa, me gustaría vestirme para poder irme.

–¿Adónde?

Natalie se detuvo en seco.

–No… no lo sé –parpadeó–. ¿Dónde estoy?

–Tal vez esto te ayude –Dom se acercó a la ventana y abrió las cortinas. La luz de la mañana se filtró en el ático. Y también la vista del Danubio y la icónica cúpula roja del parlamento.

–Oh –Natalie se enredó la sábana como un sari y se acercó al ventanal–. Qué maravilla.

–¿Reconoces ese edificio?

–Creo que sí.

No parecía muy segura. Y Dom se dio cuenta de que no entornaba los ojos mientras observaba la elaborada estructura del otro lado del río. Al parecer solo necesitaba las gafas para leer. Y sin embargo las dos veces que se habían visto las llevaba puestas. Como si fueran un escudo.

–Me rindo –dijo Natalie girándose hacia él. Sus ojos reflejaban pánico–. ¿Dónde estoy?

–En Budapest.

–¿Hungría?

El pánico se había convertido en lágrimas. Aunque trató de contenerlas con valentía, parecía tan asustada y frágil que Dom tuvo que estrecharla entre sus brazos. Entonces ella empezó a sollozar.

–No pasa nada –trató de tranquilizarla Dom. Olía a río, pensó mientras le acariciaba el pelo. Y a mujer temblorosa recién salida de su cama.

–¡Sí que pasa! –las lágrimas le habían mojado la camiseta de fútbol–. No entiendo nada. ¿Por qué no puedo recordar quién soy? –reculó un poco para mirarle–. ¿Estamos… estamos casados?

–No.

Natalie lanzó una mirada a la cama.

–¿Somos amantes?

Dom dejó aquella pregunta colgando en el aire unos instantes antes de esbozar una lenta sonrisa.

–Todavía no.

Entonces se sintió un poco culpable. Natalie tenía los ojos muy abiertos y asustados y la nariz roja. Dom le deslizó el pulgar por la mejilla para secarle las lágrimas.

–¿Recuerdas que la policía te trajo aquí anoche?

–Sí… creo que sí.

–Antes te habían llevado al hospital. ¿Te acuerdas? Ella frunció el ceño.

–Ahora sí.

–Un médico te examinó y le dijo a la policía que es normal tener pérdidas de memoria cuando se sufre una contusión en la cabeza, *drágám*.

–¿Ese es mi nombre?

–No, es un apelativo cariñoso muy común aquí en Hungría. Te llamas Natalie. Natalie Elizabeth Clark.

–Natalie –repitió ella en voz baja–. No es un nombre que yo hubiera elegido, pero tendrá que valer.

El perro se acercó entonces a la rodilla de Natalie como si quisiera asegurarse de que todo estuviera bien. Ella se apartó de brazos de Dom y le acarició la cabeza al animal.

–¿Y este chico quién es?

–Yo le llamo Kutya, que significa «perro» en húngaro.

Natalie le miró a los ojos con gesto acusador.

–¿Le llamas «perro»?

–Una noche me siguió a casa y decidió quedarse a vivir aquí. Pensé que sería algo temporal, así que nunca llegué a bautizarle.

–Así que estaba perdido –murmuró Natalie con voz quebrada–. Como yo.

Dom supo que era mejor actuar antes de que llegara otra oleada de lágrimas.

–Perdido o no, necesita salir –afirmó–. ¿Por qué no te das una ducha y te terminas el café mientras yo le saco a dar su paseo matinal? Compraré unos pastelillos de manzana para el desayuno. Luego hablaremos de lo que vamos a hacer.

Al ver que vacilaba y le temblaban los labios, Dom le tomó la barbilla y se la subió para obligarla a mirarle.

–Lo vamos a solucionar, Natalie. Pero vayamos paso a paso.

Ella asintió lentamente con la cabeza.

–Tu ropa está en el baño –le dijo Dom–. La enjuagué anoche, pero seguramente siga mojada –señaló con un gesto de la cabeza hacia el armario que había cerca del baño–. Escoge lo que te pueda valer y póntelo.

Natalie volvió a asentir y se subió la sábana para evitar tropezarse con ella mientras se dirigía al baño. Dom esperó a escuchar el sonido de la ducha antes de sentarse para ponerse los calcetines y las zapatillas de correr. Confiaba en no estar cometiendo un error dejándola allí sola.

Natalie. Natalie Elizabeth Clark.

¿Por qué no le sonaba bien?

Se envolvió el pelo recién lavado en una toalla y se quedó mirando el espejo empañado. La imagen que reflejaba estaba tan borrosa como su mente.

Mientras se duchaba había tratado de recordar qué diablos estaba haciendo en Budapest. No podía vivir allí, no sabía ni una palabra de húngaro. Bueno, sí, una, *drágám*, como le había llamado aquel hombre.

Dominic. Se llamaba Dominic. Aquellos hombros musculosos. Los brazos fuertes. El pecho contra el que había llorado. Todo en él desprendía poder y virilidad. Y, sí, dominación.

Sobre todo en la cama. Aquel pensamiento le cruzó por la mente. Dom había dicho que no eran amantes. Y eso implicaba que había dormido sola. Sin embargo, sentía calor en el vientre al pensar en estar debajo de él y sentir sus manos en los senos, su boca en…

Oh, Dios. El pánico regresó con fuerza. Natalie respiró varias veces. Luego apretó las mandíbulas y se miró en el espejo.

—¡Basta de lágrimas! No te ayudaron antes y no te ayudarán ahora.

Agarró un trapo seco y empezó a limpiar el espejo. Entonces se dio cuenta de lo que acababa de decir y se detuvo en seco. ¿A qué se refería con que las lágrimas no ayudaron antes? Había algo allí, justo detrás de la fina cortina gris. Casi podía olerlo. Se dio la vuelta y emitió un sonido a medio camino entre el sollozo y la risa.

Sí que podía olerlo. El hedor a mojado que salía de la ropa arrugada colgada de los ganchos en la puerta. Arrugó la nariz y pasó los dedos por la chaqueta sin forma, la aburrida blusa, la falda hecha un gurruño. ¿Aquella era de verdad su ropa? Parecía sacada de un contenedor. Y la ropa interior que se había quitado antes de meterse en la ducha estaba todavía peor.

Dominic le había dicho que podía agarrar lo que quisiera. Se peinó el pelo mojado y se lavó los dientes con pasta y el dedo índice antes de asomar la cabeza por la puerta del baño para asegurarse de que él ya no estaba y hacer una incursión en su armario.

Era un armario de estilo europeo con dobles puertas de espejo y bellamente tallado. La evolución moderna de la habitación especial que había en los castillos y donde los nobles guardaban sus túnicas…

Un momento. ¿Por qué sabía de castillos y habitaciones? Se quedó mirando la escena de caza que había tallada sobre las puertas e hizo un esfuerzo por recordar algo más. Pero fue en vano.

Enfadada y bastante asustada, abrió la hoja izquierda del armario. Había trajes y camisas de vestir colgados en perchas; y vaqueros, camisetas y ropa deportiva en las estanterías de abajo. Natalie sacó una camiseta de fútbol de rayas azules y blancas con un emblema dorado y verde en la manga derecha. Se la puso, le llegaba casi hasta las rodillas.

La curiosidad la impulsó a abrir la hoja derecha. En aquella parte solo había cajones. En el de arriba había calcetines desemparejados, cinturones revueltos, monedas sueltas y una linterna. El del medio estaba cerrado con un brillante mecanismo de acero. Abrió el tercero y vio un montón de calzoncillos desordenados. Pensó en tomar unos prestados, pero decidió no hacerlo. Estaba cerrando el cajón con la intención de volver al baño y lavar sus braguitas cuando vio el destello de un delicado encaje negro entre los boxer. Tiró de ellas para sacarlas y vio que venían con una nota escrita a mano.

Te he dejado esto en la maleta para que sepas lo que no llevaré puesto la próxima vez que vengas a Londres.

Besos, besos,

Arabella

Natalie torció el gesto y se quedó mirando las braguitas. Todavía las tenía en la mano cuando se abrió la puerta de la calle y entró el perro. Detrás iba Dominic, que tenía varias manchas de sudor en la camiseta.

–¿Has encontrado todo lo que necesitabas? –preguntó dejando la correa del perro y una bolsa de papel marrón sobre la encimera de la cocina.

–Casi todo –Natalie alzó la mano y agitó las braguitas de seda y encaje–. ¿Crees que a Arabella le importará que tome prestado esto?

–¿Quién?

–Arabella. Londres. Besos, besos.

–¡Ah! –Dominic se quedó mirando las braguitas–. Estoy seguro de que no le importará –afirmó con solemnidad.

Pero a él si le importaba. Dom tuvo la certeza cuando Natalie se levantó la camiseta de fútbol lo suficiente para atisbar un destello de su bien curvado trasero.

–Puede que haya sido un error –le dijo al perro cuando se cerró la puerta del baño–. Ahora voy a estar todo el día imaginándomela con esas braguitas de encaje negro.

El perro ladeó la cabeza y le miró con interés.

–Se siente muy frágil –le recordó Dom al animal–. Está confundida y asustada y seguramente todavía dolorida. Así que tú deja de babear delante de ella y yo mantendré mi mente alejada de su trasero.

Pero eso no iba a resultar tan fácil, descubrió Dom cuando ella salió del baño con la camiseta azul y una banda de seda alrededor de las estrechas caderas, como Dom pudo visualizar con facilidad.

Y él que la había considerado anodina en Nueva York. Desde luego tenía un aspecto diferente con el rostro sonrojado tras la ducha y el pelo húmedo cayéndole en mechones castaños. En Nueva York, las enormes gafas dominaban su rostro, apartando la atención de aquellos ojos color canela y de la nariz pequeña y recta. Y según recordaba, los carnosos labios tenían entonces un gesto despectivo. Ahora resultaban muy besables.

Aunque él no debería estar pensando en sus ojos ni en sus labios ni en la longitud de sus piernas, visibles bajo la camiseta. Debía recordar que Natalie estaba muy vulnerable. Confusa.

—He traído pastelillos de manzana de mi vendedor ambulante favorito –le dijo señalando la bolsa de papel de la encimera–. Si tienes hambre ahora, están buenos fríos. Pero saben todavía mejor con un golpe de horno. Sírvete mientras yo me ducho.

—Voy a calentarlos.

Natalie rodeó la encimera y se detuvo frente al horno para mirar los mandos. La camiseta de fútbol volvió a subirse. Apenas un centímetro. Dos a lo sumo. Solo se le veía la parte de atrás de los muslos, pero Dom tuvo que contener un gemido mientras agarraba un par de vaqueros y una camisa limpia y se dirigía al cuarto de baño.

No tardó mucho. Una ducha rápida. Se pasó la mano por la barba de tres días pensando en afeitarse, pero pudo más el seductor aroma a manzana caliente. Natalie estaba apoyada en uno de los taburetes de la encimera, riéndose mientras miraba al perro, que movía la cola bien situado entre sus piernas desnudas.

—¡No, tonto! No me mires así. No voy a darte ni un trocito más.

Alzó el rostro todavía iluminado y vio a Dom. Dejó de reírse al instante. Él sintió la pérdida de aquella risa como una puñalada directa al corazón.

Dios santo, ¿despreciaba Natalie a todos los hombres o solo a él? No lo sabía, pero estaba dispuesto a averiguarlo.

Aquella mujer escondía muchos misterios. El desdén con el que le había tratado en Nueva York. Aquel ridículo anexo. La pérdida de memoria. La razón todavía sin explicar por la que estaba allí en su ático vestida con su camiseta de fútbol. Dom no recordaba que ninguna mujer hubiera supuesto semejante desafío para él. Estaba a punto de decírselo cuando le sonó el móvil.

–Es Sarah –dijo tras echarle un vistazo a la pantalla–. Mi prima y tu jefa. ¿Quieres hablar con ella?

–Eh… bueno.

Aceptó la videoconferencia y puso al día a su prima, que estaba algo ansiosa.

–Natalie está aquí conmigo. Físicamente parece encontrarse bien, pero todavía no ha recuperado nada de memoria. Te la paso.

Colocó el teléfono de modo que la pantalla captó a Natalie sentada en el taburete. Tanto él como Sarah fueron testigos de la esperanza y posterior decepción que cruzaron por el rostro de la investigadora mientras miraba la pantalla.

–Oh, Natalie –dijo Sarah con una sonrisa trémula–. Siento mucho lo que te ha pasado.

Natalie se llevó la mano a la nuca.

–Gracias.

–Dev y yo volaremos hoy a Budapest para llevarte a casa.

–¿Dev? –preguntó Natalie con incertidumbre.

Sarah tragó saliva.

–Devon Hunter. Mi marido.

El nombre no pareció decirle nada, lo que le provocó a Natalie tal disgusto que Dom intervino. Se acercó más y habló a la cámara.

–¿Por qué no esperáis un poco, Sarah? Todavía no hemos hablado con la policía esta mañana. Van a rastrear los movimientos de Natalie en Hungría y tal vez recopilen alguna información interesante. Además, tal vez hayan encontrado su bolso o su maletín. En caso contrario tendremos que ir a la embajada americana y solicitar un nuevo pasaporte para que pueda salir del país. Eso podría llevar algunos días.

–Pero… –Sarah hizo un esfuerzo por ocultar su preocupación. Dom tuvo la impresión de que se sentía responsable de su asistente–. ¿Te parece bien quedarte unos días más en Hungría, Natalie?

–Eh… –Natalie apartó la vista de la pantalla, miró a Dom y luego al perro, que tenía la cabeza apoyada en su rodilla–. Sí.

–¿Preferirías estar en un hotel? Puedo hacer una reserva a tu nombre hoy mismo.

Una vez más, Dom se sintió impelido a intervenir. Natalie no estaba en condiciones de quedarse sola.

–Vamos a dejar eso por el momento también –le dijo a Sarah–. Como te he dicho, tenemos que hablar con la policía y empezar el papeleo para obtener otro pasaporte si fuera necesario. Mientras tanto, tú podrías hacer algunas indagaciones en Estados Unidos. Habla con la duquesa, con Zia y con Gina, tal vez con la editora de tu libro. Averigua si alguien ha llamado preguntando por Natalie o su investigación. Si descubrimos qué la llevó de Viena a Budapest tal vez podamos ayudarla a recuperar la memoria.

–Por supuesto, lo haré hoy mismo –Sarah vaciló, estaba claramente agobiada por su asistente–. Necesitarás dinero, Natalie. Te extenderé un cheque… no, mejor en efectivo, porque no tienes carné de identidad. Haré que lo lleven a casa de Dom esta tarde. Es un adelanto de tu sueldo –se apresuró a añadir al ver que Natalie parecía sentir que le estaban ofreciendo caridad.

Dom consideró la posibilidad de decirle a su prima que el dinero también podía esperar. Tenía capacidad de sobra para cubrir los gastos de su inesperada invitada. Pero decidió que ya había intervenido bastante.

La breve conversación dejó a Natalie en silencio durante un largo instante. Le rascó la cabeza al perro, claramente disgustada por no haber reconocido a la mujer con la que trabajaba. Dom se adelantó a un posible ataque de pánico.

–Bien, este es el plan –dijo con forzada alegría–. Primero terminamos de desayunar. Luego vamos de tiendas para comprarte unos zapatos y todo lo que necesites. Después vamos a la comisaría de policía para saber si han averiguado algo. También nos llevaremos una copia del informe del incidente y conectaremos con la embajada para empezar el papeleo del pasaporte. Por último, y lo más importante, concertaremos una cita con el médico que te vio ayer. O mejor todavía, con un especialista en casos de amnesia.

–Me parece bien –dijo Natalie–. Pero ¿de verdad crees que podemos conseguir cita con el especialista con tan poco tiempo?

–Tengo un amigo al que puedo llamar.

No le dijo que su amigo era un forense de renombre internacional que había hecho la autopsia a las víctimas de una brutal matanza del cartel de droga el año anterior.

Hizo la llamada mientras Natalie realizaba otra incursión en su armario. Cuando volvió vestida con unos pantalones cortos de correr y unas chanclas de Dom, uno de los neurólogos más famosos de Budapest ya había accedido a verla a las 11:20 de la mañana.

Capítulo Cinco

Cuando llegó la noche anterior estaba oscuro, así que solo había captado algún atisbo del castillo que dominaba la colina de Buda. La fuerte luz de la mañana mostraba el palacio real en todo su esplendor.

–¡Mira! –Natalie dirigió la mirada hacia el guerrero de bronce a caballo que custodiaba la entrada del castillo–. Ese es el príncipe Eugenio de Saboya, ¿verdad?

Dominic la miró con ojos entornados.

–¿Conoces al *priz* Eugen?

–Por supuesto –ella se giró en el asiento para poder seguir mirando la estatua mientras avanzaban por las estrechas y sinuosas calles que les llevarían hasta el Danubio–. Fue uno de los militares más importantes del siglo XVII y venció a los turcos otomanos en 1697 en…

Natalie se interrumpió y abrió los ojos de par en par.

–¿Por qué sé todo esto?

–Recordar esos detalles tiene que ser una buena señal –sugirió Dom–. Tal vez signifique que vas a empezar a recordar otras cosas también.

–Eso espero.

La primera parada fue una pequeña boutique en la que Natalie cambió la ropa deportiva y las chanclas de Dom por unos vaqueros ajustados de marca, una camiseta color melocotón y un bolso de paja. En la segunda tienda compraron productos de aseo. Y después Dom la volvió a urgir a entrar en el coche para acudir a su cita con el doctor Andras Kovacs.

La consulta del neurólogo ocupaba varios despachos en la segunda planta de una bonita casa del siglo XIX situada al lado de la basílica de San Esteban. La recepcionista confirmó la cita de Natalie, pero mostró más interés en el acompañante de la paciente que en ella.

–He leído sobre usted en el periódico –le dijo a Dom en húngaro–. ¿No es usted el gran duque de Karlenburgh?

–Sí, así es –musitó Dom–. Pero el condado de Karlenburgh ya no existe. ¿El doctor Kovacs tardará mucho en recibirnos?

–Por favor, siéntese, alteza. Le diré a su asistente que ya están ustedes aquí.

Natalie tomó asiento en una de las sillas de respaldo alto a las que Dom le guio y frunció el ceño.

–¿De qué hablabais?

–De algo que leyó en el periódico.

–La escuché decir «Karlenburgh».

Dom la observó de cerca.

–¿Reconoces ese nombre?

–Lo mencionaste esta mañana. Durante un instante me pareció que lo conocía –Natalie se frotó la frente con la mano–. Está aquí, en algún lugar de mi cabeza. Ese nombre. Ese lugar. Tú.

Ella alzó la vista para mirarle.

–Se me ocurren sitios peores en los que estar que tu cabeza, *drágám*.

Dom no supo si fue la sonrisa indolente, el apelativo cariñoso o el tono ronco de su voz lo que hizo salir a la Natalie Clark que había conocido en Nueva York. Fuera cual fuera la razón, ella le respondió con un deje de su antiguo y desaprobatorio yo.

–No deberías llamarme así. No soy tu novia.

Dom no pudo evitarlo. Alzó la mano y le deslizó los nudillos por la mejilla.

–Pero eso puede cambiar, ¿verdad?

Natalie se apartó. Dom se maldijo a sí mismo por la expresión de recelo y confusión que surgió en su rostro, pero en aquel momento salió una mujer de bata blanca del interior y les guio hacia una consulta forrada de estanterías con libros. El médico era alto y delgado, de nariz aristocrática.

–He revisado los resultados del examen que le hicieron ayer en el hospital, señorita Clark –le dijo a Natalie en un inglés perfecto–. A juzgar por los datos, dudo que su pérdida de memoria se deba a un problema orgánico como un ataque, un tumor cerebral o una demencia. Esa es la buena noticia.

Natalie contuvo el aliento y Dom le tomó la mano.

–¿Y cuál es la mala? –preguntó cerrando los dedos en torno a los suyos.

–A pesar de lo que haya visto en las películas, es muy raro que las personas que sufren amnesia pierdan su identidad. Una lesión como la suya normalmente genera confusión y problemas para recordar información reciente, no antigua.

–Estoy empezando a recordar cosas –Natalie le clavó prácticamente las uñas en la palma a Dom–. Datos históricos, fechas y cosas así.

–Bien, eso está bien. Pero el hecho de que haya usted bloqueado su identidad… es otro síndrome –afirmó el doctor–. Se llama psicogenia o amnesia disociativa. Puede ser el resultado de un trauma emocional, como ser víctima de una violación u otro acto violento.

–No creo que… no recuerdo nada –Natalie le clavó las uñas todavía más fuerte.

–En el hospital no le hicieron ninguna prueba de ese tipo –intervino Dom–. No había razón. La señorita Clark no tenía ninguna herida ni lesión aparte del chichón en el cráneo.

–Soy consciente de ello. No estoy sugiriendo que el trauma tenga que ser necesariamente reciente. Podría haber ocurrido años atrás –se giró hacia Natalie–. El golpe en la cabeza podría haber desencadenado el recuerdo de alguna experiencia dolorosa previa. Tal vez la llevó a levantar un escudo defensivo para bloquear todos los recuerdos personales.

–¿Volveré… volveré a recuperar esos recuerdos personales?

–La mayoría de las veces es así, pero cada caso es diferente. Resulta imposible predecir un patrón.

Ella apretó las mandíbulas.

–¿Y cómo puedo abrir la caja de Pandora? ¿Hay algún ejercicio mental?

–Por ahora le sugiero que se tome un poco de tiempo. Está de visita en Budapest, ¿verdad? Vaya a los baños. Disfrute de la ópera. Pasee por nuestros hermosos parques. Deje que su mente se cure al mismo tiempo que la herida de la cabeza.

El consejo de despedida del neurólogo no casaba bien con Natalie.

—¡Como si fuera tan fácil!

—En realidad lo es. Podemos hacerlo.

El comentario hizo que Natalie se detuviera en seco en la ancha acera rodeada de árboles.

—¿Cómo vas a poder recorrer Budapest conmigo? ¿No tienes trabajo?

—En este momento, no. Gracias a ti —Dom la tomó del brazo—. Vamos, te invito a un café y te lo explico.

Dom llevó a Natalie a un café que tenía lámparas de araña de cristal de Bohemia colgando del techo. Se sentaron en una mesa fuera y pidieron dos cafés.

—De acuerdo —dijo ella cuando se lo sirvieron—. Por favor, explícame por qué soy responsable de que estés desempleado.

—Descubriste un documento en unos archivos viejos de Viena. Un anexo al edicto de 1867 que garantizaba ciertos derechos a los nobles húngaros. El anexo le concedía el título de gran duque de Karlenburgh a la casa St. Sebastian a perpetuidad. ¿Te suena algo de esto?

—El nombre. Karlenburgh. Sé que lo conozco.

—Era un ducado pequeño atravesado por los Alpes, del tamaño de Mónaco, que recorría la actual frontera entre Austria y Hungría. A día de hoy todavía cuenta con montañas nevadas, valles fértiles y pasos elevados defendidos por fortalezas.

—¿Has estado allí?

—Varias veces. Mi abuelo nació en el castillo de Karlenburgh. Ahora está en ruinas, pero nos llevó a mi hermana y a mí a verlo.

–¿Tu abuelo era el gran duque?

–No, lo era el abuelo de Sarah. El mío era su primo –Dom vaciló al pensar en las relaciones familiares que últimamente habían puesto su vida del revés–. Supongo que mi abuelo podría haber reclamado el título cuando el último gran duque fue ejecutado tras la invasión soviética. Charlotte, la abuela de Sarah, se vio obligada a presenciar la ejecución de su marido y logró escapar por los pelos de Hungría.

A Natalie le sonaba aquella historia. La había oído antes, estaba segura. Pero no sabía cómo relacionarla con el hombre de hombros anchos que estaba sentado delante de ella.

–Entonces, ¿ese documento que dices que yo he descubierto te otorga a ti el título?

–Eso piensa Charlotte. Y desgraciadamente, los periódicos sensacionalistas también –Dom torció el gesto–. Me han estado persiguiendo desde que la noticia salió a la luz.

–¡Perdona por hacerte consciente de tu legado!

Dom frunció el ceño y se la quedó mirando.

–Me dijiste algo parecido en Nueva York, cuando me estabas despellejando.

–Seguro que te lo merecías –afirmó.

Dom se rio.

–Esa eres tú, *drágám*. Tan digna. Tan remilgada. Esa es la Natalie que me hizo desear tumbarla sobre la cama y besarla hasta que desapareciera el gesto despectivo de sus carnosos labios. Cuando me despedí de ti en Nueva York estuve más de una hora excitado.

Natalie se quedó boquiabierta. No podía hablar. Apenas podía respirar. Una parte recóndita de su cerebro le hizo saber que si se metía en una conversación sexual con Dominic St. Sebastian saldría perdiendo de manera escandalosa.

Pero no pudo evitarlo. Esbozó una sonrisa provocativa, apoyó los codos en la mesa y murmuró tal y como Dom había hecho en la recepción de la consulta:

—Pero eso puede cambiar, ¿verdad?

Su expresión de asombro le provocó otro subidón de ego. Por primera vez desde que se despertó y se encontró frente a frente con un perro, Natalie fue capaz de dejar a un lado su confusión y sus preocupaciones.

La llegada del camarero con el almuerzo permitió que pudiera disfrutar de aquella sensación un poco más. Cuando le hubo dado unos cuantos mordiscos a la ensalada de pepino volvió a retomar el tema.

—Todavía no me has dicho qué relación hay entre el ducado y tu situación de desempleo.

Dom le dio un sorbo a su café y miró alrededor con disimulo para asegurarse de que nadie les estaba escuchando.

—Soy agente secreto, Natalie. O lo era hasta que salió a la luz este asunto del ducado. Mi jefe me pidió entonces que me tomara unas vacaciones.

—¿Agente secreto? Eso explica lo del cajón de tu armario, el que está cerrado. Ahí es donde guardas tus artículos de James Bond, ¿verdad? Los bolígrafos con veneno, los calcetines propulsores y los minimisiles guiados por láser.

Dom guardó silencio durante varios minutos. Y cuando habló, la breve euforia de Natalie por creer que tenía el control se evaporó.

—Esto no se trata de mí, Natalie. Tú eres la que tiene

espacios en blanco que rellenar. Terminemos el café y vayamos a la comisaría. Con suerte encontraremos respuesta al menos a algunas de tus preguntas.

El Departamento de la Policía Nacional ocupaba un edificio de acero y cristal situado en la orilla Pest del Danubio. El despacho del agente Gradjnic estaba al fondo de la segunda planta.

Natalie recordaba a Gradjnic del día anterior. Más o menos. Lo suficiente para sonreír cuando él le preguntó cómo se encontraba.

–Y dígame, señorita Clark, ¿recuerda cómo terminó en el Danubio?

–No. Pero el médico que hemos consultado esta mañana dice que es posible que termine recordando –Natalie se pasó la lengua por los labios, repentinamente secos–. ¿Han averiguado algo?

–Muy poco –el agente Gradjnic sacó un bloc de notas y pasó las páginas–. Hemos verificado que voló usted la semana pasada de París a Viena. También hemos sabido que alquiló un coche hace tres días allí. La empresa de alquiler nos envió los datos del GPS del vehículo y descubrimos que cruzó usted a Hungría desde Pradzéc, un pueblecito situado al borde de los Alpes en la frontera entre Austria y Hungría.

Natalie le dirigió una mirada a Dom. Habían estado hablando de esa frontera hacia menos de una hora.

–Según los registros del GPS, pasó usted varias horas en aquella zona y luego volvió a Viena. Al día siguiente cruzó otra vez a Hungría y se detuvo en Győr. El coche sigue allí, señorita Clark, aparcado en el muelle para embarcaciones turísticas del Danubio. ¿Recuerda haber comprado un billete para un crucero de todo el día hasta Budapest?

–No.

El agente se encogió de hombros y cerró el bloc de notas.

–Bueno, me temo que esto es lo único que sabemos. Tendrán que encargarse de devolver el coche de alquiler.

Dom asintió.

–Nos ocuparemos de ello. Mientras tanto, nos gustaría tener una copia de su informe.

–Por supuesto.

Cuando salieron al sol de la tarde, Natalie no pudo esperar más y preguntó:

–¿Győr formaba parte del ducado de Karlenburgh?

–En el pasado sí.

–¿El castillo de Karlenburgh está cerca de allí?

–Un poco más al oeste, a la entrada de un paso de montaña. Pero ahora está en ruinas.

–Tengo que volver sobre mis pasos, Dominic. Tal vez si veo las ruinas o los pueblos por los que pasé recuerde qué estaba haciendo allí.

–Iremos mañana.

Una parte de Natalie se resistía un poco a ser tan dependiente de aquel hombre, que seguía siendo casi un desconocido para ella. Pero no pudo evitar sentirse aliviada al saber que la acompañaría.

–Podemos pedirle a alguien de la empresa de coches de alquiler que nos espere en Győr con una copia de las llave. Así podrás sacar el equipaje que tengas en el maletero. Y tenemos que sacarte un nuevo pasaporte.

Sacó del teléfono móvil la información necesaria sobre los servicios consulares de la embajada.

–Me lo imaginaba, tienes que demostrar que eres ciudadana estadounidense. Necesitas un certificado de nacimiento, carné de conducir o el pasaporte anterior.

–No tengo nada de eso.

–Yo te puedo ayudar. Haré que uno de mis contactos te consiga una copia del carné de conducir.

–Claro –Natalie se dio una palmada en la frente–. Olvidaba que eres 007.

Se dirigieron al coche y Dom le abrió la puerta del copiloto. Antes de sentarse, Natalie se giró hacia él.

–Eres un hombre de muchas facetas, Dominic St. Sebastian. Gran duque. Agente secreto. Rescatador de damiselas en apuros.

Él sonrió.

–Creo que la que más me gusta de las tres es la última.

Estaba tan cerca que Natalie tuvo que alzar la barbilla para poder mirarle.

–Te sale natural, ¿verdad? Me refiero a esa sonrisa tan sexy que parece decir «vamos a desnudarnos».

–¿Ese es el mensaje que envío?

–Sí.

–¿Y funciona?

Natalie frunció los labios.

–No.

–Ah, *drágám* –dijo Dom con los ojos brillantes–. Cada vez que haces eso yo quiero hacer esto.

Natalie intuyó lo que iba a pasar. Supo que debería apartarse, pero se quedó allí quieta como una idiota mientras Dom se inclinaba hacia ella, ponía la boca sobre la suya y besaba la desaprobación de sus labios.

Capítulo Seis

Fue solo un beso. Nada para ponerse nerviosa. Desde luego, no era motivo para empezar a ronronear y sentir una bola de calor en el vientre, y Natalie sintió ambas cosas.

Pensó que terminaría allí. Una caricia de su boca sobre la de ella. Tendría que haber terminado allí. Pero Natalie no se movió cuando él le pasó el brazo por la cintura y la atrajo hacia sí mientras el pulso le latía con fuerza en las sienes.

Jadeaba cuando Dominic alzó la cabeza. Él también, pero se recuperó mucho más deprisa que ella.

–Así está mejor –bromeó él–. No querrás ir por ahí con la boca fruncida.

A Natalie no se le ocurrió ninguna respuesta adecuada, así que se limitó a meterse en el coche.

Hizo un esfuerzo por recuperar el equilibrio mientras el coche avanzaba por las estrechas y sinuosas calles de la Colina del Castillo. Pero en cada giro de las ruedas podía sentir la boca de Dominic sobre la suya, podía saborearlo.

Le miró de reojo, preguntándose si él estaría sintiendo algo. No, por supuesto que no. Era el frío y sexy superagente secreto gran duque que volvía locas a las mujeres.

Cuando Dom aparcó en el garaje de su casa, tomaron las escaleras y se encontraron con un mensajero que subía delante de ellos. Cuando lo alcanzaron en el rellano del ático, Dom señaló el paquete en forma de sobre que tenía en la mano.

–¿Eso es para mí?

–Si es usted Dominic St. Sebastian, sí.

Dom firmó la entrega y se fijó en la dirección del remitente.

–Es de Sarah.

Abrió el paquete y le entregó el sobre que había dentro a Natalie. Ella lo palpó antes de guardarlo en su nuevo bolso de paja. Parecía muy abultado. Seguro que había más que suficiente para pagarle a Dom la ropa nueva y la consulta del doctor Kovacs.

El dinero supuso una inesperada ancla en su mundo a la deriva. Cuando Dom abrió la puerta del ático y se hizo a un lado para dejarla pasar, el perro ladró de alegría y empezó a dar vueltas en círculo.

–Vale, vale, Perro –Natalie se puso de rodillas y le acarició las orejas–. Yo también te he echado de menos. No puedes seguir llamándole Perro –dijo mirando a Dom–. Necesita un nombre.

–¿Cuál sugieres?

Natalie se quedó mirando al animal, que no paraba de mover la cola.

–Deberías llamarle Duque –murmuró con un brillo travieso en los ojos.

Dom no parecía muy convencido, pero finalmente se encogió de hombros.

–De acuerdo. Será mejor que saque a su alteza a pasear –dijo–. ¿Quieres venir con nosotros?

Natalie quería, pero no podía quitarse de la cabeza

el recuerdo del beso. No ayudaba que Dom estuviera apoyado en la encimera mirándola con aquellos ojos soñolientos.

–Id vosotros –dijo. Necesitaba un poco de tiempo y de espacio–. ¿Te importa si pongo estas cosas en tu baño? –preguntó señalando la bolsa con los artículos de aseo.

–Estás en tu casa, *drágám*.

–Te pedí que no me llamaras así.

Los nervios hicieron que sonara demasiado punzante incluso para sus propios oídos. Dom captó el tono pero decidió no darle importancia.

–Es verdad. Entonces te llamaré Natushka. Pequeña Natalie.

Aquello tampoco le sonaba muy digno, pero decidió no discutir.

Natalie vació la bolsa cuando Dom salió con el perro. Sacó el cepillo de dientes, pero torció el gesto al intentar encontrar un lugar en el baño donde dejar sus cosas.

La zona del lavabo estaba llena de artículos de afeitado, un peine con algunos pelos y el hilo dental abierto. El resto del cuarto de baño no se encontraba en mejores condiciones. Su ropa arrugada ocupaba el perchero. Las toallas húmedas de la mañana estaban tiradas en el suelo. Cuando sacó la camisa, la blusa y la chaqueta del perchero arrugó la nariz al percibir el aroma débil pero todavía presente del río. No tenía solución. Hizo una bola con la ropa y fue a la cocina a buscar un cubo de basura.

Lo encontró debajo del fregadero, al lado de los productos de limpieza. Tiró las prendas y sacó una esponja, un bote de limpiacristales y un espray desinfectante. Ya que Dominic la estaba acogiendo en su casa, lo menos que podía hacer era limpiar un poco.

El baño era bastante pequeño, así que no le llevó mucho tiempo dejarlo reluciente y con olor a bosque. Lo siguiente que hizo fue ponerse con la cocina. Abrió la nevera con la intención de limpiarla por dentro y lo único que encontró fue una caja de cartón con comida china y una docena de botellines de cerveza. Estaba claro que Dominic St. Sebastian no cocinaba.

Después se dispuso a frotar el fregadero, y al terminar sonrió satisfecha porque lo había dejado impecable.

Una vez terminada la cocina, atacó el salón. Enderezó los libros, apiló los viejos periódicos. Trasladó el ordenador portátil que estaba en el suelo al lado de las zapatillas de correr al escritorio. Natalie deslizó los dedos por el teclado y sintió el repentino deseo de encenderlo.

Según Dom, ella era asistente de investigación. Archivera. Seguramente pasaba la mayor parte del tiempo delante de una pantalla. ¿Qué encontraría si buscaba en la red a Natalie Clark? ¿O ya lo habría hecho Dom? Tendría que preguntarle.

Estaba quitando el polvo de la enorme televisión cuando regresaron. Dom puso una bolsa de papel marrón en la encimera. Alzó una ceja y miró hacia la inmaculada cocina.

—Has estado ocupada.

—Solo he ordenado un poco. Espero que no te importe.

—¿Por qué me iba a importar? —a Dom le brillaron

los ojos–. Aunque se me ocurren formas más divertidas de quemar energía.

Natalie estaba segura de ello. Dom ya le había dado una muestra de lo que podría pasar si ella se lo permitía. Pero no lo haría. Ya tenía bastantes conflictos en su vida en aquel momento como para añadir la complicación de un revolcón entre las sábanas con Dominic St. Sebastian. La idea le puso tan nerviosa que agitó el trapo del polvo a modo de escudo.

–¿Qué hay en la bolsa?

–Pasé por la carnicería para comprar la cena. *Goulash.*

Natalie se quedó mirando la caja de cartón que Dom extrajo de la bolsa.

–¿En la carnicería venden estofado húngaro?

–No, pero la señora Kemper, la esposa del carnicero, siempre me guarda un poco cuando lo hace.

–Vaya –Natalie no pudo contener el tono despectivo–. Debe ser una gran carga que tantas mujeres te hagan regalos.

–Lo es –afirmó él con tristeza–. Una carga terrible. Sobre todo la señora Kemper. No hace más que regalarme estofados y pasteles, pronto estaré tan orondo como ella, que pesa más de trescientas libras.

–¿Trescientas libras? –Natalie echó la cuenta–. Eso es más de ciento cincuenta kilos.

Dom inclinó la cabeza.

–Has hecho el cálculo muy deprisa.

–Es verdad –la sorpresa de Natalie dio paso al pánico–. ¿Cómo es posible que recuerde las conversiones métricas y no mi nombre, ni mi pasado, ni nada relacionado con mi familia?

Dom vaciló una fracción de segundo. Sabía algo. Algo que no quería revelar.

–¡Dímelo! –le pidió ella con vehemencia.

–Sarah dice que no tienes familia.

–¿Qué? –Natalie apretó con fuerza el trapo que tenía todavía en la mano–. Todo el mundo tiene familia.

–Deja que ponga el *goulash* a calentar y te diré lo que sé. Pero antes –volvió a meter la mano en la bolsa y sacó una botella con etiqueta dorada– lo abriré y tomaremos un vaso mientras hablamos, ¿de acuerdo?

Un recuerdo vago le surgió en la mente a Natalie. Alguien sirviendo aquel líquido dorado en una botella de cristal. ¿Un hombre? ¿Este hombre?

–¿Qué hay en la botella?

–Un chardonnay de los viñedos Badacsony.

Los fragmentos se movieron, se alinearon de nuevo, pero no casaban.

–¿No es… brandi de manzana?

–¿*Pálinka*? No –respondió él con naturalidad. Con demasiada naturalidad–. Eso es lo que la duquesa y yo bebimos la última vez que la visité en Nueva York. Tú no quisiste acompañarnos. Esto es mucho más suave.

Dom sacó dos vasos de vino y buscó un abridor en un cajón. Ella alzó una mano cuando le iba a servir.

–Para mí no, gracias.

–¿Estás segura? Es muy ligero y fresco, uno de los mejores vinos de Hungría.

–No bebo –en cuanto pronunció aquellas palabras, Natalie sintió que eran ciertas–. Adelante, yo estoy bien con agua.

–Entonces yo también beberé agua.

Dom sirvió el *goulash* en una cazuela que había conocido mejores tiempos. Luego lo tapó, lo puso a fuego lento, añadió hielo a los dos vasos de vino y los llenó de agua.

–Vamos al balcón.

–¿Al balcón?

Natalie descubrió que había uno cuando Dom apartó las cortinas de una de las ventanas y abrió una puerta de acceso. Era una plataforma estrecha que sobresalía del tejado. Protegido por una barandilla de seguridad de hierro, tenía dentro dos sillas y una mesita estiló café. Dominic rodeó la mesita y tomó asiento en una de las sillas.

Natalie tuvo que aspirar con fuerza el aire antes de dirigirse a la silla. Se asomó primero nerviosamente apoyada en la barandilla.

–¿Seguro que esto es seguro?

–Completamente. Yo mismo lo construí.

Otra faceta más. ¿Cuántas tenía ya? Natalie recapituló mentalmente. Gran duque. Agente secreto. Objeto de deseo de mujeres inglesas y esposas de carnicero. Manitas y constructor de balcones. Cuántas personalidades, mientras que ella era tan plana y sosa como un bloque de mármol.

–Dijiste que no tengo familia –le espetó.

Dom dirigió la mirada hacia la magnífica vista del otro lado del río. El sol empezaba a ponerse tras las torretas y los chapiteles de la cúpula. Cuando volvió a mirarla a ella, Natalie se preparó.

–Sarah investigó tu pasado antes de contratarte. Según sus fuentes, no hay registro de quiénes son tus padres ni por qué te abandonaron de niña. Creciste en varios hogares de acogida.

Seguramente lo sabía. A un nivel profundo e inconsciente. La habían dejado abandonada como si fuera basura.

—Has dicho «varios» hogares de acogida. ¿Cuántos? ¿Tres? ¿Cinco?

—No tengo una cifra. Pero puedo conseguirla si quieres.

—Da igual –la amargura se extendió sobre el doloroso vacío–. En realidad lo que importa es que un país lleno de parejas desesperadas por adoptar, al parecer nadie me quería a mí.

—Eso no lo sabes. No estoy familiarizado con las leyes de adopción en Estados Unidos. Tal vez hubiera algún impedimento legal.

Dom jugueteó con el vaso. Al parecer había algo más, y seguramente no sería bueno.

—También tenemos que tener en cuenta que nadie ha presentado una denuncia por tu desaparición. La policía de Budapest, mis contactos en la Interpol, Sarah y Dev… nadie ha recibido una llamada preocupándose por tu paradero.

—Así que además de no tener familia, no tengo amigos ni conocidos cercanos –Natalie se quedó mirando la impresionante vista del río–. Qué vida tan patética debo tener –murmuró.

—Tal vez.

Natalie no buscaba un hombro en el que llorar, pero aquella repuesta tan poco empática le escoció… hasta que se le ocurrió pensar que tal vez Dom estuviera callándose algo. Le miró de reojo. Estaba sentado muy relajado en el minúsculo balcón. Los oblicuos rayos del sol de última hora de la tarde le iluminaban el brillante y corto cabello negro, los fuertes pómulos y el mentón.

–¿Qué sabes de mí que no me estás diciendo? –le espetó.

–Esto –dijo él alzando su vaso hacia ella en burlón saludo–. Esto es lo que sé. La chispa de temperamento. Intentas ocultarlo tras esa fachada remilgada que presentas al mundo, pero de vez en cuando se te escapa.

–¿De qué estás hablando? ¿Qué fachada?

–En Nueva York llevabas unas gafas grandes de culo de vaso que no necesitas –respondió él con voz pausada–. Y llevabas el pelo recogido de un modo poco atractivo en lugar de suelto como lo llevas ahora. Escogías ropa ancha y suelta para esconder las caderas y… tus preciosos senos –murmuró bajando la vista con un apreciativo brillo en la mirada.

Natalie se contuvo para no cruzar los brazos sobre el pecho y trató de entender las observaciones de Dom.

No podía negar la parte de la ropa. Ella misma se había cuestionado su estilo cuando tiró la ropa a la basura aquella mañana. Pero lo de las gafas y el pelo… se pasó las palmas de las manos por los muslos ahora embutidos en los vaqueros de marca que había comprado en la boutique. Los vaqueros, las sandalias, la camiseta no le resultaban incómodos ni extraños. Pero por lo que Dom había dicho, no eran su estilo.

–Tal vez la persona que viste en Nueva York es mi auténtico yo. Tal vez no quiera atraer la atención.

–Tal vez –reconoció él con la mirada clavada en su rostro–. Y tal vez haya una razón para ello. Tal vez tu deseo de ocultar tu verdadero yo se deba a un trauma personal, como sugirió el doctor Kovacs.

Natalie no podía negar aquella posibilidad. Y sin embargo, no se sentía traumatizada. Y sin duda las cosas le iban bien antes de caerse al Danubio. Tenía un trabajo al parecer muy bien pagado, a juzgar por el adelanto que le había enviado Sarah. Había viajado a París, a Viena, a Hungría. Debía tener un apartamento en Estados Unidos. Seguramente con libros. Con grabados enmarcados en la pared o algún dibujo o…

Detuvo sus pensamientos. Rebobinó. Se centró en un grabado enmarcado. No, no era un grabado. Era un cuadro. Una escena de un canal con colores fuertes y una luz tan natural que parecía que el sol estaba brillando sobre el agua.

¡Podía verlo! Cada góndola brillante, cada ventana con arco, cada movimiento en las verdes aguas de la laguna.

–¿No te contó Sarah que fui a Viena a investigar un cuadro? –le preguntó a Dom con ansiedad.

–Sí.

–Es la escena de un canal veneciano –Natalie se agarró de aquella imagen mental con todas sus fuerzas–. Y es de… de…

–De Canaletto.

–¡Sí! –Natalie se levantó de un salto de la silla–. Entremos. Necesito usar tu ordenador.

Capítulo Siete

El aroma a pimienta y a estofado inundó el ático cuando entraron. Natalie lo olfateó con gusto, pero se dirigió directamente al ordenador y empezó a teclear a toda velocidad.

–¡Aquí está! –exclamó triunfal tras unos instantes–. Este es el cuadro que estaba investigando. No sé por qué lo sé, pero lo sé.

Dom cruzó la estancia y se puso a mirar detrás de ella. Su aroma lo envolvió y se mezcló con el del *goulash*, despertando sus sentidos. Natalie irradiaba emoción mientras le leía los detalles.

–Es uno de los primeros trabajos de Canaletto. Se lo encargó un duque veneciano, y estuvo desaparecido durante casi medio siglo tras un incendio ocurrido en 1871. Hasta que volvió a aparecer a principios de los años treinta en la colección privada de un industrial suizo. Murió en 1953 y sus herederos lo pusieron en subasta. Y entonces… ¡mira!

Natalie señaló la pantalla con el dedo y Dom se inclinó sobre ella.

–En ese momento lo compró un agente en nombre del gran duque de Karlenburgh.

Natalie se dio la vuelta, tenía el rostro lleno de vida y los ojos brillantes por la emoción del descubrimiento. Estaban muy cerca, su boca a escasos centímetros de la suya, y Dom no pudo contenerse. Tenía que depositar un beso en aquellos labios seductores.

Intentó que fuera un beso ligero, juguetón. Pero cuando levantó la cabeza, la confusión y un punto de recelo habían sustituido a la emoción. Dom se reprendió a sí mismo y trató de volver al punto anterior.

–Señorita Clark, le aguarda el mejor *goulash* de Budapest. Tiene usted que probarlo.

El repentino cambio de tercio cumplió exactamente con lo que él esperaba. Natalie alzó la cabeza. La cortina de cabello brillante y suave cayó hacia atrás, y un amago de sonrisa le cruzó el rostro.

–Estoy lista.

Más que lista, pensó. No habían comido desde que salieron corriendo a desayunar, y ya eran casi las siete. El aroma que inundaba el ático la hacía salivar.

–¡Ja! –dijo Dom con una sonrisa–. Tal vez creas que estás lista, pero el estofado de la señora Kemper es único. Prepárate para un maremoto culinario.

Mientras Dom removía el *goulash*, Natalie puso sobre la encimera cubiertos y unos platos desparejados que encontró. Se sentía extraña haciendo labores hogareñas. Extraña, confusa y nerviosa, sobre todo cuando su cadera rozó la de Dominic en la cocina. Y cuando fueron a agarrar un trozo de papel a la vez…

Por el amor de Dios, ¿a quién quería engañar? No era el acto de colocar platos y cubiertos lo que le sobresaltaba los nervios. Era Dominic. No podía mirarle sin recordar la sensación de su boca.

Apenas lo conocía. Qué diablos, ni siquiera se conocía a sí misma. Pero cuando Dom fue a llenarle otra vez el vaso con agua, se lo impidió.

–Me gustaría probar ese vino que has traído.

Él la miró sorprendido.

–¿Estás segura?

–Sí.

Lo estaba. Natalie no sabía cuál era la razón de su aversión al alcohol. ¿Tal vez lo probara en secreto siendo niña y se sentía culpable? ¿Había sido bebedora de adolescente? ¿Alguna mala experiencia en la universidad? Fuera cual fuera la causa, quedaba en el pasado. Ahora mismo se sentía a salvo como para disfrutar de un vaso de vino.

¿A salvo?

La palabra resonó en su cabeza mientras Dom quitaba el corcho de la botella fría y alzaba su vaso a la altura de los ojos.

–*Egészségére!*

–Brindo por eso aunque no entiendo lo que significa.

–Significa «a tu salud».

Natalie dio un sorbo y esperó a que cayera sobre ella algún hacha invisible. Cuando el líquido blanco y refrescante se deslizó por su garganta suavemente, empezó a relajarse.

El *goulash* aceleró considerablemente el proceso. La primera cucharada la dejó jadeando y bebió desesperadamente de su vaso de vino. La segunda, más cauta, descendió con un ataque menos agresivo de pimienta y ajo. A la tercera se había recuperado lo suficiente como para apreciar los sutiles sabores a comino, orégano y cebolla salteada. A la cuarta ya estaba comiendo la ternera, el cerdo y las patatas con ávido entusiasmo y mojando el pan negro.

Natalie accedió al instante a tomar un segundo vaso de vino para que le ayudara con el *goulash*. Duque estaba sentado a su lado mientras ella comía. El perro le miraba con tanto reproche que se vio obligada a darle unos cuantos trocitos. Dom fingió no darse cuenta, pero sí comentó con ironía que tendría que llevar al perro a dar un paseo más largo de lo habitual antes de acostarse para que quemara el fuerte estofado.

Aunque fue un comentario muy natural, Natalie se puso nerviosa. En el ático solo había una cama. Ella la había ocupado la noche anterior. Se sentiría culpable si volvía a hacerlo.

—Hablando de acostarse…

Dom detuvo la cuchara a medio camino de la boca.

—¿Sí?

Con las mejillas sonrojadas, Natalie se tomó la última cucharada de estofado. Seguramente Dom se preguntaría por qué no había aceptado la oferta de Sarah de alojarse en un hotel. En aquel momento, ella no pudo evitar preguntarse lo mismo.

—No me gusta la idea de dejarte sin cama.

Dom bajó la cuchara.

—¿Estás sugiriendo que la compartamos?

Natalie se estaba acostumbrando a aquella sonrisa provocadora.

—Estoy sugiriendo —dijo con desdén—, que yo duerma en el sofá esta noche y tú en la cama.

Su intención no había sido plantear un desafío, pero Dom lo veía así. Tenía una expresión burlona y sexy.

—Ah, cariño —murmuró clavándole la mirada en la boca—. Haces que me resulte muy difícil controlar los instintos heredados de mis depredadores antepasados.

Incluso Duque pareció darse cuenta de la repentina tensión que se apoderó de ella. El perro se acercó más a Natalie y le puso la cabeza en la rodilla. Ella le acarició la cabeza y trató desesperadamente de apartar cualquier pensamiento de Dom llevándola hasta la cama. Devorándole la boca. Apoderándose de su cuerpo. Exigiéndole una rendición que ella estaba dispuesta a...

—No pongas esa cara de preocupación.

Parpadeó y vio cómo Dom se bajaba del taburete.

—Tal vez tenga la sangre tan caliente como la de mis ancestros, pero nunca se me ocurriría seducir a una mujer que ni siquiera recuerda su nombre. Vamos, Perro.

Todavía afectada por las eróticas imágenes, Natalie bajó la cabeza para evitar mirar a Dom mientras le ponía el collar a Duque. Pero no pudo evitar ver en sus ojos el remordimiento cuando le alzó la barbilla hacia él.

—Lo siento, Natushka. No debería hacerte bromas. Sé que estás asustada.

Por supuesto, no pensaba decirle que lo que sentía en aquel momento no era precisamente miedo. Apartó la barbilla, se bajó del taburete y recogió los platos.

Lavó los platos. Limpió a fondo el fregadero y la encimera. Echó las cortinas. Se acurrucó en la silla y agarró el ordenador. Y se fue enfadando más a cada instante que pasaba.

No entendía por qué le molestaba tanto que Dom le hubiera asegurado que no la seduciría. Por un lado, Dominic St. Sebastian era la única isla del vacío mar de su mente. Resultaba natural que se agarrara a él. Que no quisiera enfrentarse a él ni enfadarle.

Pero lo que sentía ahora no era mental. Era físico, y se iba haciendo más urgente cada vez. Maldición, quería sentir sus manos en su cuerpo. Su boca. Quería aquel cuerpo duro y musculoso clavando el suyo contra la pared, entre las sábanas o incluso en el suelo.

La intensidad del deseo que le corría por las venas la pilló por sorpresa. También le supuso un enorme alivio. Todo aquello del posible trauma pasado había despertado algunas preguntas desagradables en su cabeza. Y al parecer también en la de Dom, a juzgar por el comentario de que ella intentaba deliberadamente minimizar su aspecto físico.

La certeza de que podía desear a un hombre tanto como al parecer deseaba a este resultaba tranquilizadora y al mismo tiempo frustrante.

Lo que la dejaba de nuevo en el punto de partida. Miró de reojo a la cama. Tendría que haber aceptado la oferta de Sarah y haberse alojado en un hotel, pensó con amargura. Así no tendría que estar allí sentada preguntándose si debía (¡o podía!) convencer a Dom para que se olvidara de ser tan noble y considerado.

Natalie se levantó de la silla, se acercó al vestidor y agarró la camisa con la que había dormido la noche anterior. Se la llevó al baño para cambiarse, se quitó los vaqueros y la camiseta y se lavó la cara y los dientes. Justo cuando estaba saliendo del baño se abrió la puerta de entrada y Duque entró corriendo a saludarla. Natalie no pudo evitar reírse. Resultaba difícil estar de mal humor con una nariz fría entre los muslos desnudos.

–Vale, ya está bien –apartó al perro y señaló con un dedo al suelo–. ¡Siéntate, Duque!

El perro parecía un poco confundido, pero entendió el gesto. Echó las orejas hacia atrás y se sentó.

–Buen chico –Natalie no pudo resistir la tentación de mirar a su dueño con gesto orgulloso–. ¿Ves? Reconoce su nombre.

–Creo que lo que reconoce es el tono de voz.

–Como sea –Natalie se mordió el labio inferior–. No hemos resuelto el asunto de la cama. No me siento bien relegándote al sofá. Yo dormiré ahí esta noche.

–No, no lo harás.

–Mira, te agradezco mucho todo lo que has hecho por mí. No quiero causarte más problemas.

Dom contuvo un gruñido. Si Natalie conociera los «problemas» que le estaba causando en aquel momento, se volvería a poner los vaqueros y saldría corriendo. Pero se quedó allí de pie mientras Dom le recorría con la mirada las largas y esbeltas piernas que asomaban por debajo de la camisa. Imaginar aquellas piernas enredadas en su cintura le provocó un tirón en la entrepierna.

Más le valía no fantasear con lo que habría debajo de la camisa. En caso contrario, ninguno de los dos llegaría a la cama ni al sofá.

–Me he quedado dormido muchas noches delante de la televisión –le espetó Dom–. La cama es para ti.

Natalie apretó los labios, y Dom supo que había sido más brusco de lo que pretendía. Tras poco más de veinticuatro horas a su lado, la señorita Clark le tenía oscilando como un péndulo. Había momentos en que su instinto de policía le decía que las cosas no eran siempre lo que parecían ser. Y un instante después se moría por estrecharla entre sus brazos y besarla para que se olvidara de aquel miedo que fingía no sentir.

Ahora estaba completamente excitado y no le gustaba la idea de no poder hacer nada para aliviar la tensión. Y además, ¿por qué le atormentaba Natalie de aquel modo?

–No vas a acostarte todavía, ¿verdad? –le preguntó.

–Son casi las diez.

Dom tuvo que hacer un esfuerzo heroico por no quedarse boquiabierto. Entendía que la noche anterior se hubiera quedado frita: había pasado quién sabe cuánto tiempo en el Danubio y tenía un chichón en la cabeza del tamaño de una pelota de tenis. Pero ahora parecía estar recuperada. Lo suficiente para que Dom se aventurara a comentar:

–A las diez de la noche, la mayoría de los húngaros están tratando de decidir si tomar postre o café.

Ella alzó la barbilla.

–Si quieres salir a tomarte un café o un postre, por favor, no te quedes aquí por mí.

Vaya. Al parecer se había perdido algo. Cuando salió a dar un paseo con el perro hacía veinte minutos, Natalie se había mostrado dulce, tímida y confusa. Ahora estaba tensa y rígida.

Dom quiso preguntarle qué había pasado en aquel breve espacio de tiempo, pero había aprendido a mantener la boca cerrada. Había estado a cargo de su hermana durante sus años adolescentes en los que el comportamiento lo marcaban las hormonas. Y había disfrutado de la compañía de bastantes mujeres. Las suficientes como para saber que si un hombre quería bucear en el funcionamiento de la mente femenina más le valía llevar puesto un chaleco antibalas. Como él no llevaba puesto uno, reculó rápidamente.

–Será mejor que nos acostemos pronto. Mañana tenemos un día ajetreado.

Natalie agradeció su retirada asintiendo brevemente con la cabeza con gesto regio.

–Sí, así es. Buenas noches.

–Buenas noches.

Dom y el perro la vieron dirigirse hacia el fondo del ático. Él no se movió cuando retiró el edredón y se metió entre las sábanas.

El perro no tenía la misma capacidad de autocontrol. Corrió por el suelo de parqué y se lanzó sobre la cama. Natalie se rio y le hizo sitio a un lado.

Dom murmuró una palabrota entre dientes y apartó la vista de la visión de Duque espatarrado al lado de Natalie.

Capítulo Ocho

El día siguiente amaneció despejado y fresco. El primer atisbo de otoño se había llevado el aire contaminado de la ciudad y dejó Budapest brillante bajo la luz de la mañana.

Dom se despertó pronto tras una noche intranquila. Natalie seguía acurrucada bajo el edredón de plumas cuando él se llevó al perro a dar su paseo matinal. Cuando estaban de regreso, recibió un mensaje con una copia del carné de conducir de Natalie. Guardó el archivo para imprimirlo en casa y buscó en el teléfono la página web de la embajada de Estados Unidos. Se descargó el formulario para reemplazar un pasaporte perdido y se apuntó mentalmente llamar al consulado y pedir cita.

Sintió la tentación de volver a llamar a su contacto en la Interpol. Cuando le pidió a Andre que investigara un poco más no esperaba que le llevara más de un día. Dos como máximo. Pero sabía que Andre se pondría en contacto con él si descubría algo interesante.

En cuanto Dom y Duque entraron por la puerta, fueron recibidos por el olor a beicon frito y a pan recién horneado. Aquellos aromas resultaban casi tan seductores como la imagen de Natalie al lado del horno, espátula en mano y una toalla colocada a modo de delantal alrededor de sus estrechas caderas. Dom trató de recordar quién fue la última mujer que se había hecho dueña de su cocina. Ninguna de las que habían ido a tomar una copa y luego se habían quedado a pasar la noche, al menos que él recordara.

–He ido a la tienda de la esquina –dijo Natalie a modo de saludo–. Pensé que deberíamos desayunar antes de ir al castillo de Karlenburgh.

–Suena bien. ¿Cuánto falta para que esté preparado?

–Cinco minutos.

–Que sean diez –le pidió Dom.

Agarró una taza de café y tuvo que contener una mueca de disgusto. Natalie lo había preparado al estilo americano. Parecía agua coloreada. El débil brebaje apenas le dio fuerzas para darse una ducha rápida y afeitarse.

Salió deseando probar el beicon. Al ver los huevos fritos cubiertos de champiñones y queso derretido se le hizo la boca agua. Pero los bollos de canela calientes hicieron que le temblaran las rodillas. Gimió y tomó asiento en un taburete al lado de la encimera.

–¿Te preparas el desayuno todas las mañanas?

Natalie se detuvo con la espátula en la mano.

–No lo sé.

–Da igual –se apresuró a decir Dom–. Lo estás haciendo de maravilla.

Y era cierto. Con movimientos concisos y seguros, Natalie colocó los platos desparejados y las servilletas de papel dobladas en triángulos. Dom observó que había comprado un pequeño ramo de flores que colocó en su preciada jarra de cerveza. Tuvo que admitir que daban un toque de color a la apagada cocina.

Natalie le prometió al perro que le serviría de comer después, se colocó en un taburete al lado de Dom y les sirvió a ambos. Los huevos estaban tan ricos como parecían.

–Cuando estaba fuera recibí un mensaje con una copia de tu carné de conducir –le comentó a Natalie mientras paladeaba–. También he descargado el formulario para solicitar un nuevo pasaporte. Imprimiré ambas cosas después de desayunar y luego concertaremos cita en el consulado.

Natalie asintió. Las piezas de su vida parecían empezar a encajar. Solo lamentaba que no sucediera más deprisa. Tal vez aquella excursión al castillo de Karlenburgh ayudara. De pronto se sintió impaciente y se levantó del taburete para enjuagar su plato en el fregadero.

–¿Has terminado? –le preguntó a Dom.

Él le pasó su plato pero agarró el último bollo de canela antes de que Natalie se llevara el cestito. Ella limpió rápidamente la cocina y luego volvió a ponerse la camiseta roja. Se colgó el bolso de paja al hombro y esperó con impaciencia a que Dom sacara una chaqueta ligera de su vestidor.

–Vas a necesitar esto. Puede que haga frío en la montaña.

Natalie se llevó una desilusión cuando Dom decretó que Duque no les acompañaría en la excursión. Luego fueron al apartamento de abajo y Dom le presentó a la niña que se ocupaba del perro durante sus frecuentes ausencias. Debía de tener unos diez años, la cara llena de pecas y una mochila a la espalda que indicaba que estaba a punto de irse al colegio.

Se puso de rodillas para acariciar a Duque y en ese momento apareció su padre en la puerta. Dom le presentó a Natalie y explicó que regresarían tarde.

—Le agradecería mucho a Katya que lo sacara a pasear después de clase.

El padre sonrió y respondió con marcado acento:

—Por supuesto, Dominic. A los dos les vendrá bien el ejercicio. Todavía tenemos la bolsa de comida que dejaste la última vez.

—Ya no deberíamos llamarle Dominic, papá —la niña miró a Dom sonriendo—. Deberíamos dirigirnos a ti como alteza, ¿verdad?

—Si haces eso no te dejaré descargarte más canciones de mi cuenta de iTunes —respondió él tirándole de la oreja.

Katya se apartó riéndose y le recordó una promesa que Dom preferiría que hubiera olvidado.

—Vas a venir a mi colegio, ¿verdad? Quiero presumir de mi vecino famoso.

—Sí, sí. Iré.

—¿Cuándo?

—Pronto.

—¿Cuándo?

—Katya —le reprochó su padre con dulzura.

—Pero Dom está de vacaciones ahora. Eso nos dijo —la niña rodeó el cuello del perro con el brazo y dirigió una mirada acusadora a su vecino de arriba—. Entonces, ¿cuándo vas a venir?

Natalie tuvo que morderse el labio por dentro para no reírse. La niña le tenía pillado y él lo sabía.

–La semana que viene –prometió a regañadientes.

–¿Qué día?

–¡Ya es suficiente, Katya!

–Pero papá, necesito avisar a mi profesora de cuándo vendrá el gran duque de Karlenburgh.

Dom se comprometió gruñendo al martes por la tarde si a la profesora le venía bien. Luego agarró a Natalie del codo y la llevó hacia las escaleras que daban al garaje.

–Larguémonos de aquí antes de que me haga prometerle que apareceré con corona y túnica púrpura.

Mientras avanzaban por las sinuosas calles de la Colina del Castillo, Natalie pensó que debía añadir una faceta más a la creciente lista de alter egos de Dom. Agente secreto. Gran duque. Rescatador de damiselas en apuros. Hermano mayor cariñoso. Adoptador de perros abandonados. Y ahora amigo de una preadolescente que sin duda le adoraba.

Y luego estaba su otro lado. El pillo sexy y ardiente cuyos ancestros procedían de la estepa. Estaba sentado tan cerca de ella que lo único que tenía que hacer era mirar de reojo su perfil para recordar su sabor, su aroma y la sensación de aquellos músculos duros apretados contra su cuerpo.

Natalie se mordió el labio con disgusto al darse cuenta que no podía decidir cuál de las múltiples facetas de Dom la atraía más. Todas eran igual de seductoras, y tenía la sensación de que se estaba enamorando un poco de cada una de ellas.

Perdida en aquellos perturbadores pensamientos, no se dio cuenta de que habían aparecido en un bulevar ancho que discurría paralelo al Danubio hasta que

Dom señaló un impresionante edificio con una elaborada fachada compuesta de torretas y balcones de hierro.

–Ese es el hotel Gellért. Tiene uno de los mejores baños de Budapest. Podríamos seguir el consejo del doctor Kovacs y venir mañana, ¿qué te parece?

Natalie no recordaba si había estado en un baño público con anterioridad. Pero tenía la sensación de que no era algo que fuera con ella.

–¿Los usuarios llevan bañador?

–En los baños públicos sí –Dom le dirigió una sonrisa–. Pero podemos reservar una sesión privada, y allí el uso del bañador es opcional.

Eso no iba a pasar. Natalie apenas podía respirar con él sentado a su lado completamente vestido. Se negaba a pensar en ellos dos deslizándose desnudos por una piscina. Desvió rápidamente sus pensamientos hacia otra dirección.

–¿A cuánto dijiste que estaba el lugar en el que dejé el coche de alquiler?

–Győr está solo a unos doscientos kilómetros.

–¿Y Pradzéc? Por donde crucé desde Austria.

–A otros sesenta o setenta kilómetros. Pero el ritmo se hará más lento a medida que nos acerquemos a la frontera. La carretera se vuelve más sinuosa en los Alpes.

–Y por ahí se llega al castillo de Karlenburgh –murmuró Natalie.

Ella había estado allí. Lo sabía con certeza. Dom aseguraba que el castillo solo era una pila de rocas ahora, pero algo había llevado a Natalie a aquellas ruinas. Incluso ahora podía sentir el tirón. Fue una sensación tan fuerte que tuvo que hacer un esfuerzo por soltarla y prestar más atención al paisaje.

Recorrieron la autopista M1, que atravesaba la región transdanubiana, según le explicó Dom. A pesar de su sangrienta historia como campo de batalla tradicional entre Hungría y las fuerzas invasoras de Occidente, era un lugar plagado de suaves colinas, verdes valles y frondosos bosques. Había señales por todas partes marcando lugares de interés histórico. Cada pueblo y cada villa que pasaban parecían presumir de contar con una antigua abadía o una fortaleza.

La ciudad de Győr no era una excepción. Cuando Dom señaló que estaba situada exactamente a medio camino entre Viena y Budapest, Natalie se preguntó cuántos ejércitos abrían cruzado sus antiguas calles de adoquín. Pero solo alcanzó a vislumbrar las almenas de la ciudad vieja, porque enseguida giraron hacia el norte. Unos minutos después llegaron al punto en el que dos ríos más pequeños iban a dar al poderoso Danubio.

Un barco turístico con doble cubierta estaba justo partiendo del muelle. Natalie hizo un esfuerzo por identificarse con los excursionistas que abarrotaban las cubiertas superiores. Pero no sirvió de nada. Ni tampoco cuando Dom entró en el aparcamiento y dejó el coche al lado del vehículo que se suponía que ella había alquilado en Viena dos días atrás.

Dom había quedado con un encargado de la agencia de alquiler. Cuando el hombre abrió el maletero con su juego de llaves, Natalie sintió un escalofrío que se convirtió en emoción cuando vio su maletín de piel.

—¡Eso es mío!

Lo sacó del maletero y lo estrechó contra su pecho

como si fuera un niño perdido. Lo apartó de sí lo suficiente para que Dom se fijara en las iniciales doradas que había cerca del asa... y en que no estaba cerrado con llave. Natalie lo abrió con el corazón a cien por hora y soltó un grito de alegría al ver un ordenador tipo portafolio entre los archivos.

–Esto también debe ser suyo –dijo el representante de la agencia sacando una maleta de viaje con ruedas.

Natalie no sintió la misma emoción al ver la etiqueta que lo confirmaba. Tal vez porque al abrirla e inspeccionar su contenido le pareció que la ropa pertenecía a una octogenaria. Todo era aburrido y sin color.

Miraron dentro del coche, pero no apareció ningún bolso, ni pasaporte ni tarjetas de crédito. Ni tampoco había ni rastro de las gafas que Dominic decía que usaba. Todo debió caerse al río con ella. Agarrada al maletín, Natalie observó cómo Dom guardaba la maleta en su coche y le daba al encargado de la agencia una copia del informe policial. Teniendo en cuenta el accidente y el hecho de que el vehículo no presentaba ningún daño, el hombre accedió a no aplicar ningún cargo extra. Natalie temblaba de impaciencia porque quería leer los archivos del maletín, pero Dom quería hablar primero con los encargados de la agencia de cruceros por si alguno se acordaba por casualidad de ella. No hubo suerte, tampoco le aportaron ninguna información nueva.

Natalie, que estaba a su lado mientras hablaba con el hombre que vendía los tiques, se quedó mirando el barco, que cada vez se alejaba más en la distancia.

–¡Esto es muy frustrante! ¿Por qué me subí a un crucero por el río? Ni siquiera me gustan los barcos.

–¿Cómo lo sabes?

Natalie parpadeó.

–No estoy segura. Pero no me gustan.

–Tal vez encontremos alguna pista en tu maletín.

Ella miró a su alrededor por la zona del muelle. Estaba deseando meter la nariz en aquellos archivos, pero sabía que no podía sacarlos en una mesa de picnic y arriesgarse a que la brisa del río se los llevara volando. Dom percibió su frustración y sugirió:

–Estamos a menos de una hora del castillo de Karlenburgh. Hay una posada en el pueblo que está debajo de las ruinas del castillo. Podemos comer allí y pedirle a la señora Dortmann que nos deje usar su despacho.

–¡Vamos!

Natalie vio primero las ruinas del castillo. Era imposible no verlas. El muro derrumbado y el esqueleto de una torre se alzaban sobre una roca y eran visibles desde varios kilómetros antes. Cuando se acercaron, Natalie vio cómo la carretera atravesaba el estrecho paso que había debajo, el único paso que conectaba Austria con Hungría en ochenta kilómetros a la redonda, le informó Dom. Cuando subieron a la cima de un risco, Natalie vio el pueblo que estaba en la base de la montaña. Había una docena de casas de estructura típicamente alpina, de madera y con el tejado a dos aguas para que se deslizara la nieve.

La posada estaba al final del pueblo. Los tablones desgastados indicaban que había recibido a muchos viajeros a lo largo de los siglos. Había geranios en cada ventana y un bar con terraza al lado de la estructura principal.

Cuando Natalie y Dom subieron los escalones y entraron en el vestíbulo forrado de madera de pino, la mujer que los recibió con alborozo no pegaba con el rústico ambiente. Era una rubia de cuarenta y tantos años vestida con mallas y túnica de leopardo.

–Lisel, te presento a Natalie Clark, una amiga americana.

–¡América! –la mujer dirigió sus ojos color amatista hacia Natalie y la tomó de las manos. Ven a tomarte una cerveza. Y luego me tienes que contar qué haces en compañía de un canalla como Dominic St. Sebastian –miró hacia él–. ¿O debo llamarte alteza? Ja, ja. Seguramente sí. En el pueblo no se habla de otra cosa.

–Eso se lo puedes agradecer a Natalie.

La rubia alzó las cejas.

–¿Y eso?

–Es archivista. Una investigadora que escarba en manuscritos antiguos. Descubrió en Viena un documento que al parecer garantiza el título de gran duque y gran duquesa de Karlenburgh a los St. Sebastian hasta que los Alpes se derrumben. Sin embargo, todos sabemos que se trata de un honor sin contenido.

–¡Ja! Aquí no es así. En cuanto se corra la voz de que el gran duque ha vuelto a la tierra de sus ancestros, el bar de la posada se llenará y correrá la cerveza. Tú espera y verás.

No tuvieron que esperar mucho. Dom apenas había terminado de contarle a la señora Dortman que había venido solo para enseñarle a Natalie las ruinas y ayudarla en su investigación cuando se abrió la puerta. Un hombre de cara marcada y pantalones de cuero desgastados entró y saludó a Dom con la dignidad de quien había vivido buenos y malos tiempos. Natalie se dio cuenta enseguida de que aquellos eran bueno tiempos. Muy buenos, indicó el hombre con una sonrisa.

Detrás de él llegó un granjero corpulento que llevaba consigo el olor de la cuadra, dos adolescentes de mirada curiosa y auriculares colgados al cuello y una mujer con un bebé a la cadera.

Dom hizo todo lo posible por incluir a Natalie en las conversaciones que zumbaban a su alrededor. Pero a medida que iba llegando más gente, se salió del círculo y disfrutó del espectáculo. Aunque St. Sebastian le quitara importancia a todo aquello del título nobiliario, formaba parte de él. No se trataba solo de que le sacara varios centímetros al resto de la gente, ni de que exudara confianza en sí mismo. Ni de que le hubiera anunciado a Lisel que pagaría las cervezas de todo el mundo.

Natalie supuso que también pagaría por las bandejas de salchichas y patatas fritas que salían sin cesar de la cocina. El festín, los brindis y las historias duraron toda la tarde hasta casi el anochecer. Para entonces, Dom había tomado demasiada cerveza como para ponerse otra vez tras el volante.

–Quedaos aquí a pasar la noche –sugirió Lisel sacando una llave de hierro de aspecto antiguo del bolsillo de la túnica–. La habitación del frente tiene unas vistas maravillosas al castillo –le comentó a Natalie en confidencia–. Podréis disfrutarlas tumbados.

–Suena de maravilla –Natalie le quitó la llave de la mano a la dueña de la posada–. Pero Dominic va a necesitar otra habitación.

Tenía claro que no podía compartir cama con él... por mucho que lo deseara.

Capítulo Nueve

Natalie subió por la estrecha escalera de madera hasta la segunda planta y encontró sin problema la habitación. Tenía un buen baño y bajo uno de los aleros había un pequeño escritorio y una silla. El precioso cabecero de madera tallada y el lavabo con su jarra y su palangana de porcelana le daban un toque antiguo, pero también se agradecían la televisión de pantalla plana y el aviso de wifi gratis.

Como Lisel había anunciado, las ventanas cubiertas con cortinas de encaje ofrecían una vista sin impedimentos de las ruinas situadas encima del rocoso promontorio. Las sombras del anochecer les otorgaban un aspecto oscuro y algo tenebroso. Entonces las nubes se movieron y se apartaron y los últimos rayos de sol surgieron como un láser. Durante unos mágicos instantes, lo que quedaba del castillo de Karlenburgh apareció bañado por una luz dorada y brillante.

Natalie había visto aquellas ruinas antes. Estaba segura. No con aquella luz dorada y etérea, pero...

Una llamada a la puerta interrumpió sus turbulentos pensamientos. Dom estaba en el pasillo con su maleta.

–Pensé que necesitarías tus cosas.

–Gracias –Natalie le agarró del brazo y lo llevó hacia la ventana–. Tienes que ver esto.

Dom miró por la ventana hacia la vista que ella le

señalaba pero dirigió casi al instante la mirada otra vez hacia Natalie. Tenía los ojos abiertos de par en par y el rostro iluminado por la emoción. Una emoción que apenas logró contener cuando se giró otra vez hacia él.

–Esas ruinas… yo he estado ahí arriba, Dom.

Arrugó la frente con fuerza en un intento de desempolvar los recuerdos escondidos. A Dom le dolió mirarla. Alzó una mano y le deslizó el pulgar por las arrugas de la frente. Luego siguió por la nariz hasta llegar a los labios apretados.

–Ah, Natushka, lo estás haciendo otra vez –murmuró.

–¿Hacer qué? ¡Oh!

Dom no pudo contenerse. Tenía que sentir la firmeza y la voluptuosidad de aquellos labios. Para su deleite, Natalie echó la cabeza hacia atrás para facilitarle el acceso.

No tenía muy claro en qué momento supo que una mera vez no sería suficiente. Tal vez fuera cuando Natalie suspiró y se inclinó hacia él. O cuando le deslizó las manos por los hombros. O cuando sintió una fuerte punzada en la entrepierna. Duro como una piedra, trató de separarse.

–¡No!

Fue una orden breve y concisa. Ella le rodeó el cuello con los brazos y lo atrajo hacia sí para otro beso. Esta vez fue ella quien se lo dio y Dom quien recibió lo que le estaba ofreciendo. La boca ansiosa, el baile rápido de su lengua contra la suya, el temblor de su pulso cuando Natalie le apoyó los senos en el pecho.

Dom dejó caer los brazos, le agarró el trasero y la atrajo hacia sí. En cuanto la cadera de Natalie rozó su entrepierna, supo que había cometido un grave error.

–Te deseo, Natalie. Puedes verlo. Sentirlo. Pero…

–Yo también te deseo.

–Pero no voy a aprovecharme de tu confusión y tu incertidumbre –concluyó Dom.

Ella se acomodó entre sus brazos y consideró sus palabras durante unos segundos.

–Creo que es al revés –dijo finalmente–. Soy yo la que se está aprovechando. No tenías por qué haberme dejado quedarme en tu ático. Ni haberme llevado a ver al doctor Kovacs, o conseguirme una copia del carné de conducir.

–Entonces, ¿se supone que tendría que dejarte a tu suerte, lejos de tu casa, sin dinero ni identidad?

–La cuestión es que no lo hiciste –Natalie suavizó el tono y se le llenaron los ojos de lágrimas–. Tú eres mi ancla, Dominic. Mi salvavidas. Gracias.

Aquel suave susurro lo atravesó como una espada de doble filo. La agarró de los antebrazos y la apartó de sí. Sorprendida, ella le miró boquiabierta.

–¿De eso se trata, Natalie? ¿Estás tan agradecida que crees que tienes que corresponderme cuando te beso? ¿Acostarte conmigo como pago a mis servicios?

–¡No! –la indignación le tiñó las mejillas de rojo–. ¿Cómo puedes ser tan arrogante? Supongo que no te habrás dado cuenta, pero resulta que me gusta besarte. Y sospecho que también me gustaría acostarme contigo. Pero que me aspen si lo hago, eres incapaz de reconocer la lealtad y el afecto.

–¿Afecto? –el ego de Dom cayó otro punto más–. ¿Eso es lo que sientes por mí?

Exasperada, Natalie quitó los brazos de sus manos y se puso en jarras.

–¿Qué es lo que quieres? ¿Una confesión firmada de que ayer no podía dormirme porque deseaba que fueras tú quien estuviera en mi cama y no Duque? ¿Una invitación formal para que ocupes su lugar?

Dom escudriñó su rostro y sus ojos y solo vio en ellos indignación y frustración. Ningún miedo subliminal procedente de algún evento pasado traumático. Ninguna renuencia de solterona a sudar y a estar desnuda. Ninguna confusión respecto a lo que deseaba.

Sus escrúpulos murieron en aquel instante y un deseo salvaje le recorrió las venas.

–No hace falta ninguna invitación formal. Con esto me vale –volvió a atraerla hacia sí y le tomó la boca–. Y con esto –murmuró contra su cuello–. Y con esto –gruñó deslizándole una mano hacia el seno.

Cuando la tomó en brazos unos instantes más tarde su conciencia trató de abrirse camino en desesperada batalla a través de una neblina roja. Ella seguía estando perdida, qué diablos. Seguía siendo vulnerable. A pesar de su airado discurso, no debería llevarla a la cama.

No debería, pero lo hizo. Una parte de su cerebro decía que era aquella misma vulnerabilidad lo que le hacía desear convertirse en un ancla todavía más fuerte para ella.

Aquel pensamiento le desconcertó. Pero no lo bastante como para detenerlo. Sobre todo con la luz de la luna derramándose a través de las ventanas, bañando el rostro de Natalie con un suave brillo.

Su deseo se convirtió en una necesidad apremiante. La depositó en el suelo a los pies de la cama y le quitó la ropa con más apremio que delicadeza. La impaciencia le hacía ser algo torpe, pero despertó en ella una urgencia similar. Natalie le sacó la camisa por la cabeza y le cubrió el pecho de besos mientras intentaba desabrocharle los vaqueros.

Cuando Dom retiró el algodón de plumas y la dejó sobre las sábanas, el cuerpo de Natalie estaba cálido y suave, era un paisaje de luces doradas y sombras. Y cuando ella le atrapó la espinilla con la suya, Dom tuvo que contener el deseo primario de hundirse en su interior. Primero tenía que poner algo entre ellos. Le pasó las manos por el pelo, le dio un besó rápido y confesó:

–Para que no creas que esto es idea tuya, deberías saber que cuando fui a tu hotel de Nueva York estaba planeando cómo llevarte a la cama.

A Natalie le dio un vuelco al corazón. De pronto podía ver la pequeña habitación del hotel. Dos camas gemelas. Un ordenador abierto. Ella discutiendo con Dom sobre… sobre…

–Tú creías que yo era una aprovechada que quería sacar tajada de la duquesa.

Dom se quedó muy quieto.

–¿Te acuerdas de eso?

–¡Sí! –Natalie se agarró a la imagen y repasó las emociones que la acompañaban. Una de ellas resultó especialmente satisfactoria.

–Recuerdo que te di con la puerta en las narices –dijo alegremente.

Dom apartó las manos de su pelo y se las deslizó por el cuello, los hombros y el cuerpo.

–Entonces supongo que será mejor que genere en ti recuerdos nuevos.

Natalie contuvo el aliento mientras él se disponía explorar su cuerpo. Mordiéndole el lóbulo de la oreja.

Acariciándole los senos. Jugando con sus pezones. Trazando un camino desde su vientre hasta el vértice de sus piernas. Temblaba de deseo cuando Dom utilizó una rodilla para abrirle las piernas.

La pierna peluda de Dom le rascó la piel suave del muslo. Respiraba de forma agitada. Y su mano, su diabólica mano, encontró el centro de su cuerpo. Estaba caliente, húmeda y dispuesta cuando le deslizó un dedo dentro. Dos. Y sin dejar de juguetear con el botón de nervios del centro de su cuerpo mientras convertía sus pezones en dos picos tirantes. Cuando las sensaciones se apilaron una encima de otra, Natalie se arqueó.

–Dom, Dom, yo… ¡aaaah!

El grito surgió desde lo más profundo de su garganta. Trató de contenerse, pero las sensaciones que le subían en espiral desde el vientre se transformaron en un huracán. Se estremeció y cabalgó aquellas olas hasta el final conteniendo el aire.

Abrió los ojos. Sentía los párpados pesados como el plomo. Dom tenía el peso apoyado en un codo y la miraba fijamente.

–Ha sido maravilloso –le aseguró conteniendo un suspiro.

El rostro de Dom se relajó un poco.

–Me alegro, pero no hemos terminado todavía.

Todavía abrumada por el placer, Natalie se estiró como un gato cuando Dom rodó a un lado de la cama y rebuscó entre la ropa que habían dejado en el suelo formando una pila. No le sorprendió que volviera con varios preservativos. Cuando los dejó a mano sobre la mesilla de noche, ella ya estaba preparada para la segunda ronda.

–Ahora me toca a mí –murmuró apoyándose sobre un codo para explorar su cuerpo con la misma atención al detalle que él.

Era una belleza. A Natalie no se le ocurría otra manera de definir el largo torso, los hombros y los muslos musculosos, el vientre plano y el nido de vello oscuro de la entrepierna. Su virilidad cobró vida en cuanto ella se la acarició con un dedo.

Pero fue la cicatriz lo que le llamó la atención. Estaba curada pero resultaba muy visible bajo la luz de la luna. Le atravesaba las costillas en diagonal. Natalie frunció el ceño y se lo recorrió con la yema del dedo.

–¿Qué es esto?

–Un recordatorio de que un novato no debe cachear a un veterano de la mafia.

Natalie le vio otra cicatriz en el pecho, esta vez redonda.

–¿Y esto?

–Un regalo de despedida de un capitán de barco albanés. La Interpol interceptó un cargamento de niñas que iba a llevar a Argelia.

Lo dijo con despreocupación, como si las heridas de puñal y los secuestros fueran sucesos rutinarios en su trabajo de agente secreto. Y seguramente lo eran, pensó Natalie tragando saliva.

–El cuñado de tu jefa formó parte de esa operación –estaba diciendo Dom–. El marido de Gina, Jack.

–¿Él también es agente secreto?

–No, es diplomático de carrera. En aquel entonces formaba parte de una investigación de Naciones Unidas sobre la prostitución infantil.

–¿Yo le conozco?

—No lo sé.

Le besó la cicatriz del hombro.

Un beso llevó a otro y luego a otro mientras le trazaba un sendero por el pecho. Cuando le deslizó la lengua por la cicatriz que le dividía el estómago, se le hundió el vientre y su sexo cobró vida otra vez. Natalie recorrió su longitud suavemente con una uña, y habría seguido explorando aquella suavidad de seda, pero Dom aspiró con fuerza el aire y se apartó.

—Lo siento. Te deseo demasiado.

Iba a decirle que no había necesidad de disculparse, pero Dom ya estaba agarrando uno de los preservativos que había dejado convenientemente a mano. Natalie sintió un escalofrío en el vientre, y cuando Dom volvió de nuevo a ella le recibió encantada en su cuerpo.

Esta vez no hubo una lenta escalada hacia el placer. Ninguna deliciosa intensificación de los sentidos. Dom entró en ella, y Natalie sintió al instante otro clímax. Trató desesperadamente de contenerlo y luego disfrutó del alivio y del puro placer de que Dom los llevara a ambos más allá del límite.

Natalie se quedó espatarrada en desnudo abandono mientras el mundo dejaba lentamente de girar. Dom estaba tumbado a su lado con los ojos cerrados y la cabeza apoyada en un brazo. Mientras observaba su perfil bajo la pálida luz de la luna, reconoció la satisfacción, la preocupación, el placer y un pequeño escalofrío de miedo. Apenas conocía a aquel hombre, y sin embargo se sentía muy unida a él. Demasiado. ¿

Natalie miró hacia la ventana abierta. Recortadas contra el cielo de medianoche se alzaban las ruinas que la habían llevado hasta Hungría y hasta Dom.

La necesidad de encontrar las piezas que faltaban en el rompecabezas mermó la satisfacción sensual de estar simplemente tumbada a su lado. Se mordió el labio y miró hacia el escritorio. Su maletín seguía encima, tal y como lo había dejado. Sintió un escalofrío de emoción al pensar en lanzarse sobre aquellos gruesos archivos.

Dom percibió su temblor de impaciencia y abrió los ojos.

–¿Tienes frío?

–Un poco –admitió Natalie. Pero cuando él iba a subir el edredón de plumas que tenían a los pies, se lo impidió–. Todavía es pronto. Me gustaría echarle un vistazo a mi maletín antes de dormir.

–¿De verdad crees que hemos terminado por esta noche? –le preguntó Dom en tono juguetón.

–¿No?

–Ah, Natushka, no hemos hecho más que empezar. Pero nos tomaremos un respiro mientras tú repasas tus archivos –Dom se levantó de la cama con la elegancia controlada de una pantera y recogió su ropa–. Bajaré a por un poco de café, ¿de acuerdo?

–Eso estaría bien.

Cuando Dom salió, Natalie hizo un viaje rápido al baño y luego metió las manos en el maletín. Buscó unas braguitas limpias pero no se molestó en ponerse sujetador. Ni ninguna de las blusas de aspecto almidonado dobladas sobre una sudadera de algodón beige que tenía la misma gracia que un saco de arpillera.

¿Tendría razón Dom? ¿Había intentado deliberadamente esconder su auténtico yo en aquella ropa tan fea? ¿Había algo en su pasado que la hacía temer mostrarse tal y como era? Si ese fuera el caso, tal vez encontrara alguna pista en el maletín. Se puso la camiseta de fútbol que le había tomado prestada a Dom para dormir.

Sacó los archivos del maletín y los colocó en ordenadas pilas. Estaba pasando las páginas una a una cuando Dom regresó con dos capuchinos.

–¿Has encontrado algo interesante? –le preguntó poniéndole una taza en la mano.

–¡Muchas cosas! Hasta el momento todo está relacionado con obras de arte perdidas, como un pequeño Bernini de bronce que fue robado de la galería Uffizi de Florencia. Todavía no he encontrado información sobre la pintura de Canaletto. Pero tiene que estar en alguno de estos archivos.

Dom asintió mirando hacia el ordenador, todavía cerrado.

–Seguramente hayas hecho una entrada en el ordenador de tus archivos de papel. ¿Por qué no lo compruebas?

–Lo intenté –Natalie dejó escapar un suspiro de frustración–. Pero la contraseña está protegida.

–Y no te acuerdas de cuál era.

–He probado con una docena diferente de combinaciones, pero ninguna funciona.

–¿Quieres que lo intente yo?

–¿Cómo vas a…? Ah, entiendo. Es algo que aprendiste en la Interpol, ¿verdad?

Dom se limitó a sonreír.

–¿Tienes un pincho en el maletín? Déjamelo.

Dom dejó el capuchino en la mesa al lado de la silla y se acomodó con el ordenador en el regazo. Conectó el pincho a su teléfono móvil, tecleó una serie de números y esperó a conectarse con el enlace de un programa especial desarrollado por la Interpol para descifrar contraseñas en un tiempo récord.

Unos minutos más tarde, la contraseña apareció letra por letra. Dom la copió y le dio a la tecla de retorno. Entonces apareció la pantalla de inicio. Los iconos estaban ordenados con precisión militar. Dom sonrió. Estaba a punto de decirle a Natalie que ya había entrado cuando apareció un mensaje en la pantalla.

D. veo que estás conectado. No sé qué ordenador estás usando. Ponte en contacto conmigo. Tengo información para ti.

A

¡Ya era hora! Dom borró el mensaje y se desconectó antes de pasarle el ordenador a Natalie.

–Ya puedes acceder.

Ella lo agarró con ansia y lo dejó en el escritorio entre las pilas de archivos en papel. Deslizó los dedos por el teclado en rápida búsqueda.

–¡Aquí está el archivo del Canaletto!

Un clic del ratón abrió la carpeta principal. Cuando se abrieron docenas de subcarpetas, Natalie gimió.

–Esto me va a llevar toda la noche.

–No tienes toda la noche –le advirtió Dom dándole un beso en la nuca–. Solo hasta que yo vuelva.

–¿Adónde vas?

–Tengo que decirles a Katya y a su padre que no volveremos a casa esta noche. Fuera hay mejor señal.

No era del todo mentira. Necesitaba llamar a sus

vecinos. Lo de la señal era una verdad a medias, pero estaba acostumbrado a hablar en privado con sus contactos de la sede central por seguridad.

Se puso la chaqueta y bajó. El bar seguía abierto. Lisel le saludó con la mano y le invitó a tomarse otro café o una cerveza, pero Dom negó con la cabeza y alzó el móvil para indicarle la razón por la que había salido.

Había olvidado lo frías que eran las noches a los pies de los Alpes. Y lo mucho que brillaban las estrellas cuando no había contaminación ni luces de ciudad. Se subió el cuello de la chaqueta y contactó con Andre.

–¿Qué tienes para mí?

–Información interesante sobre tu Natalie Elizabeth Clark.

Dom sintió un nudo en el estómago. Algo «interesante» para Andre podía significar cualquier cosa, desde una multa de tráfico sin pagar a formar parte del programa de protección de testigos.

–Llevó un poco de tiempo, pero el programa de reconocimiento facial finalmente coincidió con la foto de una detenida.

¡Diablos! El instinto le decía que Natalie estaba ocultando su auténtico yo.

–¿Con qué cargos fue detenida?

–Fraude y actividades relacionadas con ordenadores.

–¿Cuándo?

–Hace tres años. Al parecer retiraron los cargos, pero a alguien se le olvidó borrar la foto de los archivos policiales.

Dom quería ser justo. El hecho de que se hubieran

retirado los cargos podía significar que el arresto había sido un error. Pero había visto a demasiados abogados librar a sus clientes de la justicia basándose en tecnicismos.

–¿Quieres que me ponga en contacto con el FBI en Estados Unidos? –preguntó Andre.

Dom vaciló y dirigió la mirada hacia la iluminada ventana de la segunda planta de la posada. ¿Acababa de hacer el amor con una pirata informática? ¿Le habría seguido ella la pista y habría planeado una farsa para aparecer en su ático mojada e indefensa? ¿Sería mentira lo de la amnesia?

Todo sus instintos le decían que no. No podía haber fingido el pánico y la confusión que vio en sus ojos. Ni tejer una red de engaños y mentiras para luego arder entre sus brazos como había hecho. La cuestión ahora era si debía confiar en su instinto o no.

–¿Dom? ¿Qué quieres que haga?

Decidió seguir su instinto.

–Déjalo estar, Andre. Si necesito algo más me pondré en contacto contigo.

Colgó el teléfono con la esperanza de no estar cometiendo un error y llamó a sus vecinos.

Capítulo Diez

Natalie seguía concentrada cuando Dom subió. El operativo había pasado del escritorio a la butaca y la cama, que ahora estaba cuidadosamente hecha, con el edredón perfectamente estirado.

–¿Qué tal vas? –le preguntó.

–Regular. La buena noticia es que ahora recuerdo muchos detalles. La mala es que he revisado el archivo del Canaletto página por página y su correspondiente archivo de Internet. No encuentro nada que explique por qué conduje hasta Viena ni tampoco hay referencias de Győr ni de Budapest. Nada que me diga por qué me subí a un barco y terminé en el Danubio.

Natalie suspiró y señaló las pilas de papel distribuidas ahora por toda la habitación.

–Espero encontrar algo en esto. Las pilas que están en la silla contienen documentos en papel e informes de obras de arte perdidas en el mismo periodo que el Canaletto. Las de la cama detallan las últimas ubicaciones conocidas de varias piezas desaparecidas en otros periodos.

–¿Y hay alguna información que no esté relacionada con tesoros artísticos perdidos? ¿Algún dato personal en los archivos o en el ordenador te ha despertado algún recuerdo?

–Muchos –reconoció ella con un suspiro–. Al parecer soy tan organizada en mi vida personal como en la profesional. Lo tengo todo en hojas de cálculo. El mantenimiento del coche. Los libros que he leído y los que quiero leer. Hojas de gastos. Un inventario con los objetos que tengo en casa. En definitiva –concluyó con tristeza–. Toda mi vida. Precisa, bien organizada y sin alma.

Parecía tan frustrada, tan perdida, que Dom tuvo que contener la urgencia de estrecharla entre sus brazos.

–¿Y qué me dices de tu correo? ¿Has encontrado algo allí?

–Solo correspondencia inocua con personas que tengo en la agenda como «conocidos», y todo relacionado con el trabajo –Natalie dejó caer los hombros–. Mi vida es patética.

Si estaba actuando, era la mejor actriz del mundo. Al diablo con contenerse. Natalie necesitaba consuelo. Dom despejó la butaca, le tomó la mano y se la puso en el regazo.

–Tú eres mucho más que hojas de cálculo y archivos marcados por colores.

Ella volvió a suspirar y apoyó la cabeza en su hombro.

–¿De verdad?

–Claro. Están todas tus peculiaridades –afirmó él con una sonrisa acariciándole el pelo–. Lo de apretar los labios. Tu cuestionable sentido de la moda.

–Vaya, gracias.

–Y luego está lo de esta noche –continuó Dom–. Tú, yo, esta posada.

Natalie echó la cabeza hacia atrás y le escudriñó el rostro.

–Respecto a lo de esta noche…

–No te preocupes tanto. No tenemos que analizar ni diseccionar lo que ha pasado. Ya veremos qué ocurre.

En cuanto pronunció aquellas palabras supo que no era verdad. A pesar del misterio que rodeaba a aquella mujer, no tenía intención de dejarla salir de su vida del mismo modo que había entrado. Ahora no podía dejar de pensar en ella.

Aquel último pensamiento le hizo detenerse. Rebobinar. Aspirar con fuerza el aire. Pensar en las otras mujeres con las que había estado. El hecho indiscutible de que ninguna de ellas le había despertado aquella mezcla de deseo, ternura, preocupación, recelo y proteccionismo.

Dom se dio cuenta de que tendría que cambiar de táctica si Natalie recuperaba la memoria. En aquel momento ella le consideraba un ancla en un mar de incertidumbre. No podía añadir más inquietud pidiéndole más de lo que ella estaba preparada para dar.

–Por el momento las cosas están bien así, ¿no? –le preguntó con una sonrisa indolente.

–Oh, sí.

Natalie se inclinó sobre ella, le acercó la boca ofreciéndole una promesa de las cosas que estaban por venir. Dom estaba dispuesto a recibir aquella promesa cuando ella hizo un brusco anuncio:

–Bueno, ya está bien de quejarme. Es hora de volver al trabajo.

–¿Qué quieres que haga?

Natalie miró los archivos que había encima de la cama y se mordió el labio. Dom esperó y recordó lo reacia que se había mostrado a dejarle ver su investigación cuando apareció sin avisar en su hotel de Nueva York. En aquel momento lo achacó al deseo de proteger su trabajo. Con la llamada de Andre todavía reciente, no pudo evitar preguntarse si no habría algo más en aquellos gruesos archivos que tanto quería proteger.

–Supongo que podrías empezar con esos –dijo con obvia renuencia–. Hay un índice y una cronología dentro de cada archivo y todas las secciones están numeradas. Así es como cruzo datos con el contenido del ordenador. Pero déjalo todo ordenado, ¿de acuerdo?

La pequeña burbuja de sospecha de Dom estalló. La mujer no estaba nerviosa porque metiera la nariz en sus archivos privados, solo le preocupaba que los desordenara. Se levantó de la silla sonriendo con ella en brazos y la dejó en el escritorio.

–Trataré cada página con cuidado y reverencia –le prometió solemnemente.

Natalie se sonrojó un poco por la broma pero se mantuvo en sus trece.

–Más te vale. A los archivistas no nos gusta que nadie profane nuestros archivos.

Dom no tardó mucho tiempo en darse cuenta de que Natalie podría conseguir trabajo en cualquier agencia de investigación del mundo, incluida la Interpol. No solo había investigado hechos sobre tesoros culturales perdidos. Había seguido la pista de cada rumor, cada hilo. Algunos hilos eran tan finos que parecían no tener relación con el objeto de investigación. Y sin embargo, en al menos dos de los archivos en los que miró, aquellos dos fragmentos de información aparentemente desconectada llevaban a un hallazgo mayor.

–Jesús –murmuró Dom tras seguir un camino particularmente convulso–. ¿Te acuerdas de esto?

Natalie se dio la vuelta y frunció el ceño al ver una foto escaneada que mostraba un cilindro de cinco centímetros con jeroglíficos grabados.

–Me resulta familiar. Es babilonio, ¿verdad? Calculo que tendrá unos dos mil años de antigüedad. ¿Qué dice el comentario?

–Se perdió en Irak en 2003, poco después de que Sadam Hussein fuera derrocado.

–Ah, ahora me acuerdo. Encontré una referencia de un objeto similar en una lista de objetos que puso a la venta un tratante de arte poco conocido. Si no recuerdo mal, estaba especializado en artefactos babilonios.

Natalie se rascó la frente y trató de recordar más detalles. Dom la ayudó.

–Le enviaste una solicitud para que te enviara una descripción más detallada de este objeto en particular. Cuando te la mandó, lo emparejaste con una lista del ejército de Estados Unidos de antigüedades iraquíes que habían recopilado.

–No lo recuerdo… ¿el ejército recuperó el artefacto?

Dom pasó varias páginas de notas y correspondencia.

–Sí. También arrestaron al empleado de la obra que se lo había llevado durante los trabajos de reconstrucción del Museo Arqueológico de Bagdad.

–¡Bien! Puede que no sea tan patética después de todo.

Natalie volvió al ordenador portátil con una sonrisa que acabó con las últimas dudas de Dom. Aquellos cinco centímetros de barro babilonio escrito tenían un valor incalculable. Si Natalie anduviera en asuntos turbios no habría alertado al ejército para que lo encontrara.

Dom buscó en el siguiente archivo y enseguida se vio absorto en la búsqueda de un cáliz de oro del siglo XIII que una vez engalanó el altar de una abadía irlandesa. Iba a mitad del grueso archivo cuando alzó la vista y vio otra vez a Natalie con los hombros caídos, esta vez por la fatiga. Y él que esperaba vivir otra sesión bajo el edredón de plumas... cerró el archivo con cuidado de no desordenar su contenido y se estiró.

–Yo ya he terminado por esta noche.

Ella frunció el ceño al mirar el resto de los archivos.

–Todavía nos queda media docena que repasar.

–Mañana. Ahora mismo necesito una cama, dormir y a ti. No necesariamente en ese orden, aunque tú pareces tan agotada como yo.

–Tal vez pueda tirar de alguna reserva de energía.

–Eso está bien –dijo dirigiéndose al baño.

Cuando volvió a entrar en el dormitorio apenas diez minutos más tarde, se la encontró acurrucada bajo el edredón de plumas y respirando profundamente.

Aprovechando la oportunidad, Dom se sentó en el escritorio. No sintió ni el más mínimo remordimiento cuando encendió el ordenador. Cuarenta minutos más tardes había visto todo lo que necesitaba. Ya sabía que Natalie no se había metido sin permiso en ninguna base de datos ni había movido dinero a cuentas ocultas. Todo lo que vio indicaba que había vivido bien con su sueldo de archivista del Estado de Illinois y que ahora estaba guardando la mayor parte del generoso salario que Sarah le pagaba en una cuenta de ahorro.

Satisfecho y aliviado, Dom se quitó la ropa y se deslizó en la cama al lado de su cuerpo cálido y relajado. Se sintió tentado a despertarla y darse un pequeño homenaje para celebrar que no había descubierto nada. Se contuvo, pero necesitó hacer un esfuerzo heroico.

Cuando Natalie se despertó brillaba con fuerza el sol, se escuchaban a lo lejos los cencerros de las vacas y sentía una energía arrolladora. Había dormido muy bien, y seguramente se lo debía al sólido pecho masculino que tenía detrás.

Dom la hacía sentirse bien. Estar acurrucada contra su fuerza le despertaba todo tipo de posibilidades salvajes. Como despertarse en aquella posición durante los próximas semanas o meses. O incluso años.

Le vino a la cabeza que Dominic St. Sebastian podría ser lo que necesitaba para sentirse completa. Al parecer, no tenía familia. Y a juzgar por los correos electrónicos, tampoco contaba con un amplio círculo de amigos. Pero al estar allí tumbada con Dom no echaba nada de menos.

Tal vez aquella fuera la razón por la que los detalles de su vida tardaban tanto en regresar. Su vida estaba tan vacía que no quería recordarla. Torció el gesto al pensarlo, y eso debió producir algún movimiento porque escuchó una voz adormilada al oído.

—Estaba esperando a que te despertaras.

Natalie apartó las sábanas, se giró para mirar atrás y suspiró.

—Esto no es justo. Tengo los ojos hinchados de dormir y estoy despeinada. En cambio tú tienes un aspecto fresco y estás para comerte. De hecho –anunció–, creo que te voy a tomar de desayuno.

Natalie se puso de costado y empezó a besarle por la barbilla hacia abajo, cubriéndole con los labios las costillas, el vientre…cuando le bajó la sábana por las caderas, Dom ya estaba tieso como un mástil.

Le agarró la virilidad con la palma de la mano. Tenía la piel cálida y suave, la sangre le latía en las venas. Le deslizó la mano arriba y abajo una y otra vez, encantada cuando le oyó gemir. Entonces le pasó una pierna por encima de los muslos y alzó las caderas. Dom estaba ansioso, pero la contuvo el tiempo suficiente para abrir un preservativo.

–Déjame –dijo ella apartándole las manos.

Le colocó la protección y luego volvió a colocar las caderas. Ambos alcanzaron un éxtasis explosivo que terminó con Natalie derrumbándose sobre su pecho en una oleada de placer.

Ella fue la primera en recuperarse. Se puso los vaqueros y la camiseta de fútbol que ya consideraba suya y se dirigió al baño. Cuando salió se encontró a Dom vestido y esperando su turno.

–Dame cinco minutos y estaré lista.

Dom sugirió que hicieran todo el equipaje y dejaran la posada para volver a Budapest después de visitar el castillo. Tras disfrutar de un desayuno pantagruélico, se despidieron de la dueña de la posada con cariño y se pusieron en camino. Natalie se iba poniendo más contenta a cada giro de la carretera que atravesaba el paso de montaña. Algo la había llevado a aquellas ruinas que dominaban el paisaje más adelante. Lo sentía en los huesos. Se revolvió impaciente en el asiento mientras Dom dejaba la carretera principal para tomar un camino que llevaba a lo que quedaba del castillo de Karlenburgh.

Las ruinas se alzaban sobre una base de granito sólido, parecía como si hubieran sido excavadas en la montaña. A Natalie le latía con fuerza el corazón cuando Dom detuvo el coche a pocos kilómetros del muro exterior. El viento le soplaba en la cara cuando salió.

–Toma, ponte esto –Dom le ofreció la chaqueta que había sacado del maletero. Natalie se la puso agradecida mientras él le guiaba a través de las ruinas hacia lo que habían sido las cocinas en siglos anteriores, los establos y posteriormente las cocheras.

Una puerta llevaba a lo que debía haber sido el patio interior. La única torreta que quedaba se alzaba hacia el cielo como un diente roto. Natalie tomó a Dom del brazo para protegerse del frío mientras deslizaba la mirada por toda aquella desolación. ¿Qué la había llevado hasta allí?

Dom la miro de reojo y debió ver la frustración en su rostro.

–¿Nada? –le preguntó con dulzura.

–Solo una vaga sensación de escalofrío –admitió ella–. Que puede deberse al frío.

–Sea lo que sea, será mejor que nos resguardemos.

Desilusionada y a punto de llorar, Natalie se dio la vuelta para regresar. Estaba convencida de que el castillo de Karlenburgh era la clave. Perdida en sus sombríos pensamientos y con la vista clavada en el traicionero camino, tardó un instante en escuchar aquel leve sonido. Cuando le llegó al cerebro, alzó la cabeza. ¡Aquel sonido! ¡Ese tintineo metálico!

El corazón empezó a latirle con fuerza y se le secó la boca. Sintiendo como si estuviera asomándose al borde de un precipicio, siguió el sonido de los cencerros de un rebaño de cabras que pastaba alrededor del camino lleno de hierbas. Un hombre que parecía un gnomo dirigía el rebaño. Tenía el rostro oculto bajo el ala del sombrero y se apoyaba en un cayado.

–Ese es el viejo Friedrich –comentó Dom–. Ayudaba a cuidar las cabras del castillo cuando era niño y ahora cría las suyas propias.

Natalie se quedó paralizada cuando Dom se abrió camino a través de las cabras para saludar al pastor, pero ella no podía moverse. Una información se fue abriendo paso en su mente. Había leído en alguna parte que las cabras alpinas fueron de los primeros animales de granja. Su adaptabilidad las convertía en buenas candidatas para los largos viajes por mar. Los primeros colonos de América se las llevaron consigo para obtener queso y leche.

De pronto se le abrieron las cortinas de la mente. Solo un poco. Lo suficiente para saber de dónde había sacado aquella información. Había buscado específicamente datos en Internet sobre las cabras alpinas después de… después de…

Deslizó la mirada hacia el pastor que sonreía ahora al lado de Dom y la miraba.

–*Guten tag, fraülein.* Me alegro de volver a verla.

Capítulo Once

Cuanto Friedrich la saludó, se abrió la presa. Las imágenes empezaron a llenar los espacios vacíos de su mente. Ella en aquel mismo sitio. El pastor preguntándole si se había perdido. Una charla banal que la llevó a una persecución alocada…

—¿Cuándo conociste a Friedrich? —preguntó Dom frunciendo el ceño.

—¡Hace una semana! Aquí mismo, en el castillo. Me acuerdo de él, Dom. Me acuerdo de las cabras, de los cencerros y de Friedrich preguntándome si me había perdido —exclamó Natalie entusiasmada—. Y luego nos sentamos aquí y me habló de cómo era el castillo antes de la invasión soviética, de los bailes, el lujo, las fiestas… y luego le dije que estaba buscando un cuadro que una vez colgó del salón rojo. Friedrich me miró con dureza y me preguntó por qué yo también quería información sobre aquella sala en particular.

Todo estaba surgiéndole a toda velocidad y rebobinado. El encuentro con Friedrich. El viaje desde Viena. La curiosidad de ver las ruinas del castillo. La búsqueda del Canaletto. Sarah y Dev. La duquesa, Gina, las gemelas, Anastazia y su primer encuentro con Dom.

El rebobinado se detuvo en seco en aquel encuentro. Vio sus ojos burlones. La sonrisa indolente. Escuchó su tono despectivo al referirse al anexo y al título.

¡Aquella era una de las razones por las que había regresado a Viena!

Por eso había decidido ir a ver las ruinas del castillo de Karlenburgh, y por eso estaba tan decidida a seguirle la pista al Canaletto perdido. Quería borrar aquella sonrisa cínica del rostro de Dominic St. Sebastian. Demostrar la valía de su investigación. Pasárselo por las narices. Y de paso averiguar qué había sido de aquella valiosísima obra de arte.

Natalie hizo un esfuerzo para dejar de lado aquel cúmulo de recuerdos y se centró en el pastor.

–Le pregunté quién más había preguntado por el salón rojo, ¿lo recuerda? Usted me dijo que una persona había venido unos meses atrás y que le dijo su nombre.

El arrugado rostro de Friedrich compuso una mueca de disgusto.

–Janos Lagy.

Dom había estado escuchando atentamente sin interrumpir, pero aquel nombre le provocó un sobresalto.

–¿Janos Lagy?

–Me dijo que era un banquero de Budapest –continuó Friedrich–. También me dijo que era nieto de un húngaro que fue a la academia militar de Moscú y se convirtió en *mladshij lejtenant* del ejército soviético. Yo le dije que me acordaba de ese teniente –al pastor le tembló la voz por la emoción–. Estaba al mando del escuadrón que mandó destruir el castillo de Karlenburgh cuando el gran duque fue arrestado.

Dom murmuró algo en húngaro. A Natalie le pareció una palabrota.

–Cuando se lo dije a su nieto, se encogió de hombros –continuó Friedrich–. Como si no importara. Y luego tuvo el valor de preguntarme si yo había estado alguna vez en el salón rojo –el anciano blandió el bastón en el aire con rabia–. Le amenacé con romperle la cabeza. Entonces se marchó corriendo.

–Jézus –murmuró Dom–. Janos Lagy.

–¿Le conoces? –preguntó Natalie.

–Sí. Te lo contaré en el coche.

Se despidieron del pastor y regresaron al coche. Cuando Dom se giró hacia ella, tenía el ceño fruncido.

–Empieza por el principio. Cuéntame lo que recuerdas.

–Estaba en Viena, apenas a una hora de aquí. Quería ver el castillo del que la duquesa me había hablado en nuestras entrevistas y hablar con algún lugareño. Había revisado los archivos del censo y sabía que Friedrich era una de las pocas personas que quedaban que habían vivido la revolución de 1956. Tenía intención de ir a su casa a verle, pero me lo encontré por casualidad en las ruinas.

–Qué cúmulo de coincidencias –murmuró Dom sacudiendo la cabeza–. Es increíble. Así que conociste a Friedrich y él te habló de Lagy. ¿Qué hiciste entonces?

–Lo busqué en Internet en cuanto volví al hotel. Me llevó un buen rato encontrarlo, es un apellido bastante común en Hungría. Pero finalmente encontré el teléfono. Su secretaria no me quería pasar con él hasta que me identifiqué como la ayudante de investigación de Sarah St. Sebastian y dije que la estaba ayudando con su libro sobre obras de arte perdidas. Janos es una especie de coleccionista. Se puso al teléfono al instante.

–¿Le dijiste que estabas siguiéndole la pista al Canaletto?

–Sí, y me preguntó por qué me había puesto en contacto con él. Yo no quería entrar en detalles por teléfono, así que le dije que había encontrado un posible vínculo a través de su abuelo y que me gustaría consultarlo con él. Me preguntó si había hablado de ese vínculo con alguien más y le dije que no, que primero quería verificarlo. Me ofrecí a viajar a Budapest, pero él sugirió que nos encontraríamos a medio camino.

–En Gyòr.

–En el crucero turístico –confirmó Natalie–. Me dijo que navegar por el Danubio era una de sus maneras favoritas de relajarse, que si yo no había hecho nunca un crucero por el río lo iba a disfrutar mucho. Odio los barcos, detesto estar en el agua. Pero tenía tantas ganas de hablar con él que accedí. Al día siguiente fui en coche hasta Gyòr.

–¿Y te encontraste con Lagy a bordo?

–No. Llamó cuando el maldito barco ya había salido del muelle y dijo que no había podido acudir. Se disculpó profusamente y dijo que se encontraría conmigo en el muelle de Budapest.

Natalie hizo un gesto de desagrado al recordar las largas horas de travesía.

–No llegamos a Budapest hasta bien entrada la tarde. Para entonces yo estaba acurrucada al fondo de la popa del barco, rezando para no vomitar. Recuerdo que recibí una llamada. Recuerdo que me levanté demasiado rápido y me sentí muy mareada. Me apoyé en el pasamanos creyendo que iba a devolver –frunció el ceño y se pasó la mano por la base del cráneo–. Debí golpearme la cabeza con uno de los palos del barco, porque me dolió mucho. Lo siguiente que recuerdo es alguien inclinado sobre mi pecho y sacándome agua de los pulmones.

–¿No llegaste a ver a Janos Lagy?

–No, a menos que fuera uno de los hombres que me rescató del río. ¿Quién es, Dom? ¿De qué lo conoces?

–Fuimos juntos al colegio.

–¿Es amigo tuyo? –preguntó ella con sorpresa.

–Conocido. Mi abuelo no era de los que olvidaban ni de los que perdonaban. Sabía que el abuelo de Jan había servido en el ejército soviético y no quería que me relacionara con la familia Lagy. Y eso que no sabía que ese malnacido había estado al mando del escuadrón que destruyó el castillo de Karlenburgh. Yo tampoco lo sabía hasta hoy.

Natalie había pensado que cuando recuperara la memoria todas las preguntas obtendrían respuesta. Y sin embargo, ahora se apilaban nuevas preguntas.

–Esto es muy frustrante –sacudió la cabeza–. Es como un círculo que nunca se cierra. Tú, yo, la duquesa, el castillo, el cuadro, ese tal Lagy. Todo está conectado, pero no encuentro la causa.

–Yo tampoco –reconoció Dom sacando el móvil del bolsillo–. Pero tengo intención de encontrarla.

Natalie observó cómo apretaba una tecla y se conectaba al instante. Le pidió a alguien llamado Andre que investigara a Janos Lagy.

Su regreso a casa provocó en el perro una oleada de entusiasmo.

Cuando Dom abrió la puerta de entrada y se apartó a un lado para que Natalie pasara, ella experimentó una repentina punzada de nervios. Ahora que recordaba su pasado, ¿pesaría sobre su presente? Al instante sintió un repentino alivio. Se sintió en casa a pesar de saber que solo era una invitada. La gran pregunta ahora era, ¿cuánto tiempo se quedaría allí? Seguramente hasta que Dom resolviera aquel asunto con Lagy.

O no. La duda asomó su fea cabeza cuando Natalie miró hacia atrás y le vio allí de pie en la puerta todavía abierta.

–¿No vas a entrar?

Dom se estremeció un poco, como si estuviera tratando de ordenar sus pensamientos, y sonrió.

–Nos hemos dejado tu maleta en el coche. Iré a buscarla.

Natalie aprovechó su ausencia para abrir las cortinas y las ventanas y dejar que entrara aire fresco. Consciente de que Dom se burlaba de su vena ordenada, trató de ignorar la cama sin hacer, pero la atraía como un imán. La estaba haciendo cuando él volvió.

Dom dejó la maleta al lado del vestidor y se dirigió a la nevera.

–Voy a tomarme una cerveza. ¿Quieres una? ¿O prefieres un té?

–El té suena bien. ¿Por qué no lo preparo mientras tú hablas con tu amigo para ver qué ha averiguado sobre Lagy?

Dom salió con el botellín de cerveza y con el móvil al balcón. No porque quisiera intimidad para hablar con Andre. La noche anterior había decidido confiar en Natalie a pesar de aquel inexplicable arresto y no había ocurrido nada desde entonces que le llevara a cambiar de opinión. Su intención era compartir con ella lo que supiera de Lagy. Pero necesitaba unos minutos para analizar todo lo que había sucedido en las últimas veinticuatro horas.

Qué diablos, ¿a quién estaba tratando de engañar?

Lo que necesitaba en primer lugar era un buen soplo de aire fresco. En segundo lugar, un trago de cerveza. Y en tercer lugar, un poco más de tiempo para recuperarse de la imagen de llegar y ver a Natalie haciendo la cama.

Le gustaba que estuviera allí. Aunque fuera extraño, no le incomodaba ni reducía el ático a proporciones minúsculas como hacía Zia cada vez que iba a visitarle a Budapest y dejaba toda la ropa y los libros de medicina por todas partes. De hecho, Natalie podía pecar de pasarse un poco en la otra dirección. Si no la vigilaba de cerca, le ordenaría la vida alfabéticamente y por colores.

Tendría que liberarla un poco. Bajar su pasión por el orden y la limpieza a un nivel humano. Tenía la sensación de que le iba a costar. Lo único que tenía que hacer era llevársela a la cama… y mantenerla allí el tiempo suficiente para quemar su energía sobrante.

Mientras observaba las ornamentales fachadas de la parte Pest del río, imaginó con facilidad el otoño convirtiéndose en invierno mientras él vagueaba bajo las sábanas con Natalie y contemplaba aquellos mismos edificios cubiertos de nieve. O a los dos paseando con el perro por el parque a comienzos de la primavera.

El problema era que no sabía cómo quería retomar Natalie su vida ahora que la recordaba. La conciencia le decía que debía quedarse con la sugerencia que había hecho el día anterior de tomarse las cosas despacio, paso a paso. Pero su conciencia no podía competir con los sonidos caseros de Natalie moviéndose por el ático, preparando té y acariciando al perro.

Quería tenerla allí con él. Quería enseñarle más cosas de la ciudad que amaba. Quería explorar aquella mente precisa y fascinante, escuchar sus gemidos cuando hicieran el amor.

Y quería destrozar a quien le había hecho daño. No se creyó ni por un momento que se hubiera golpeado la cabeza y hubiera caído al Danubio. Janos Lagy la había conducido hasta aquel crucero turístico y Dom iba a descubrir la razón.

Cuando habló con Andre, este le remitió a la agencia húngara que se encargaba de las investigaciones internas. La mujer con la que habló Dom era cauta y reservada, no estaba dispuesta a compartir información delicada con gente que no conocía. Pero accedió a reunirse con Natalie y con él por la mañana.

Así que al día siguiente tenían dos citas: una en la embajada de Estados Unidos para obtener una copia del pasaporte y otra en la Administración Nacional de Impuestos y Aduanas.

–¿Impuestos y aduanas? –repitió Natalie cuando le habló de las citas.

–Es el departamento húngaro para asuntos financieros, incluidas las actividades delictivas como lavado de dinero y financiación de actividades terroristas.

Ella puso los ojos en blanco.

–¿Y tienen algo contra Lagy?

–No me lo han dicho, pero tienen interés en hablar contigo. ¿Metiste un bañador en la maleta?

Natalie parpadeó ante el repentino cambio de tema.

118

–Hice una maleta para un viaje de negocios, no para andar chapoteando en las piscinas de los hoteles.

–No importa. Podemos alquilar uno.

–¿Alquilar un bañador? –Natalie arrugó la nariz–. No creo.

–Los desinfectan al vapor y los esterilizan. Confía en mí. Mete un par de toallas en la bolsa de viaje mientras yo le doy de comer al perro y nos vamos. No puedes irte de Budapest sin probar lo más distintivo.

Natalie tuvo todavía más dudas sobre lo de la piscina común cuando llegaron al elegante Hotel Gellért. El enorme complejo estaba situado a los pies de una colina y recibía su nombre, según le contó Dom, de un desafortunado obispo que vino de Venecia por petición del rey Esteban en el año 1000.

Entraron en una enorme sala de tres plantas. Había una larga fila de ventanillas para sacar entrada a un lado de la pared. Dom escogió un combinado que incluía piscinas, baños termales con diferentes temperaturas, hidromasaje, piscinas de olas, sauna y sala de vapor. ¡Y masajes! Todo tipo de masajes.

Natalie se quedó a su lado mientras él compraba las entradas y se fijó en que mucha gente cruzaba los tornos con una tarjeta azul.

–¿Por qué ellos no pagan?

–Tienen pases médicos –le explicó Dom mientras le colocaba una pulsera en la muñeca–. El gobierno es el dueño de todos los spas de Hungría, de hecho forman parte de nuestro sistema de salud. Los médicos recetan con regularidad masajes o baños calientes.

Natalie le siguió hacia el maravilloso vestíbulo ornamental y luego por la enorme sala con ventanales que ofrecían una vista sin obstáculos de la brillante piscina. Nadadores de todas las edades, formas y tamaños flotaban o nadaban en el agua.

–Aquí es donde nos separamos temporalmente –le dijo Dom sacando una de las toallas de la bolsa–. Los vestuarios de los hombres están a la derecha, los de las mujeres a la izquierda. Enséñale a la encargada la pulsera y ella te buscará un bañador. Luego pon la pulsera en la tableta electrónica y te asignarán un vestuario y una taquilla. Cuando te hayas cambiado, pasa a los baños termales. Yo te espero allí.

Sonaba bastante sencillo… hasta que Natalie cruzó la entrada para acceder a la zona de mujeres. Era enorme, con mármol por todas partes, escaleras que subían y bajaban y una interminable hilera de salas de masaje, saunas, duchas y vestuarios. Una encargada muy amable la ayudó. Cuando le mostró la pulsera le entregó un paquete sellado con lo que parecía un bañador nuevo. Al mirarlo se dio cuenta de que estaba limpio y olía a fresco. Y era al menos una talla menor que la suya.

El bañador de licra negra tenía un corte alto en los muslos y bajo en el escote, y mostraba más piel de la que le hubiera gustado. Aunque seguro que a Dom no le importaba. Era un admirador del sexo opuesto, y Natalie recordó ahora que su hermana Zia y Gina, la hermana de Sarah, bromeaban sobre cómo las mujeres caían rendidas a sus pies.

Natalie se quedo paralizada cuando otro rostro bello surgió en su mente.

Oh, Dios.

Se dejó caer en el banco. Palideció y sintió una punzada de frío en el vientre. Oh, Dios, Dios. Se rodeó la cintura con las manos y se acunó hacia delante y hacia atrás en el banco. Ahora recordaba la «traumática» experiencia que había intentado borrar desesperadamente. El feo incidente que la había llevado a perder el sentido de sí misma.

¿Cómo podía haber olvidado la terrible verdad que había mantenido oculta durante más de tres años? Los ojos se le llenaron de lágrimas y trató desesperadamente de contenerlas. Que la asparan si derramaba una lágrima más por aquel malnacido que le destrozó la vida entonces. Y que se la volvería a destrozar ahora, reconoció con una oleada de angustia.

¿Cómo pudo pensar que lo de anoche podría llevar a algo más entre Dominic St. Sebastian y ella? Cuando le hablara de su pasado se sentiría desilusionado y disgustado. Natalie se quedó allí sentada, sufriendo por lo que podría haber sido hasta que la necesidad de aullar como un animal herido dejó de atenazarle la garganta. Entonces se levantó del banco, cruzó la puerta y se dirigió al otro extremo del vestuario.

La temperatura de la sala de mármol subió cuando se acercó a la primera piscina termal. Dom estaba allí esperándola, tal y como había prometido.

–¿Qué ocurre?

–Yo… yo…

–Natalie, ¿qué ha pasado?

–Tengo algo que contarte –Natalie miró a su alrededor, el spa estaba lleno de gente–. Pero no aquí. Me encontraré contigo en el coche.

Se dio la vuelta y se dirigió a toda prisa al vestuario.

Capítulo Doce

Natalie volvió a vestirse y tuvo que preguntar varias veces para poder salir del laberinto de saunas y salas de masajes.

Dom la esperaba en la entrada de los vestuarios de mujeres en lugar de en el coche. Tenía una expresión preocupada y la miró con gesto interrogante cuando salió.

−¿Qué ha pasado para que de pronto palidecieras de ese modo?

−Recordé algo. Un incidente de mi pasado. Necesito contártelo.

−Hay un café al otro lado de la calle. Podemos hablar allí. No hemos comido nada desde el desayuno. Lo que tengas que contarme pasará mejor con un cuenco de *goulash*.

Natalie sabía que nada podría suavizar el momento, pero siguió a Dom cuando salió del hotel hacia el atardecer otoñal. Las luces habían empezado a surgir en la parte Pest del Danubio. Ella apenas se fijó en el glorioso panorama de oro y azul índigo cuando Dom la tomó del brazo para llevarla al iluminado café.

Enseguida estuvieron sentados en una mesa recogida que les ofrecía intimidad y también una clara vista de la iluminada majestuosidad del otro lado del río. Dom pidió la comida y le hizo una seña para que esperara a que el camarero les sirviera café y una cesta con pan negro.

–Bebe un poco, respira profundo y dime por qué estás tan alterada.

–¿Sabes la escoria a la que persigues? ¿Ladrones, estafadores y ese tipo de delincuentes? –murmuró con voz entrecortada–. Yo soy una de ellos.

Tuvo miedo de su reacción. Pensó que podría enfadarse o mostrarse frío. El hecho de que ni siquiera parpadeara ante su angustiada confesión la dejó confundida durante un instante.

–¿Ya lo sabías? –sintió una oleada de vergüenza–. ¡Claro que lo sabías! Lo has sabido desde el principio.

–Desde el principio no, y no conozco los detalles. Solo sé que fuiste arrestada y que luego se retiraron los cargos.

El camarero llegó con la comida. La breve interrupción no le dio a Natalie la oportunidad de asumir que Dom estaba al tanto de su secreto más oscuro, profundo y vergonzoso. Cuando se marchó el camarero, el humeante estofado permaneció intacto mientras Natalie relataba el resto de su historia.

–No estoy muy segura de cuánto sabes de mí, pero antes de que Sarah me contratara trabajé para el Estado de Illinois. Formaba parte de un proyecto para digitalizar más de cien años de archivos en papel y unirlos a los actuales historiales electrónicos. Me gustaba aquel trabajo. Era todo un reto. Pero entonces me enamoré –afirmó con un profundo suspiro de disgusto.

Agarró un trozo de pan y lo partió.

–Era muy guapo –reconoció con tristeza–. Alto, atlético, de ojos azules, siempre sonriendo.

–¿Siempre sonriendo? Eso suena a imbécil.

–Era un imbécil. Me creí su cuento de que quería sentar la cabeza y formar una familia. Tendría que haber imaginado que el único interés que alguien tan sofisticado como Jason DeWitt podía tener en mí era piratear mi ordenador.

Dom extendió la mano y le agarró los dedos, que no paraban de juguetear con el pan. Le brillaban los ojos de rabia.

–Ya me imagino el resto. Utilizó tu ordenador para acceder a los archivos del estado y a miles de direcciones y números de la seguridad social.

–Di más bien cientos de miles.

–Y luego los vendió, ¿verdad? Imagino que a los rusos, aunque el mercado está bastante abierto últimamente. Y cuando se supo, los federales siguieron la pista y llegaron hasta ti.

–No había vendido los datos todavía. Lo pillaron con las manos en la masa.

La vergüenza y la tristeza volvieron a apoderarse de ella. Los ojos se le llenaron de lágrimas cuando las imágenes de aquel horrible día se le cruzaron por la cabeza.

–Oh, Dom, fue horrible. La policía vino a mi despacho. Dijeron que llevaban detrás de Jason más de un año. Habían descifrado su firma electrónica y sabían que había pirateado varias bases de datos importantes. Finalmente lograron encontrar su ubicación exacta, echaron abajo la puerta de mi apartamento y le detuvieron en el acto. Luego me acusaron a mí de ser cómplice de intento de fraude. Me arrestaron allí mismo, delante de todos mis colegas de trabajo, y… y…

124

Tuvo que detenerse para contener las lágrimas.

–Y luego me llevaron a la comisaría esposada.

–Entonces descubrieron que no formabas parte de la operación de pirateo y te soltaron.

–No exactamente –continuó Natalie–. Jason trató de convencer a la policía de que todo había sido idea mía. Dijo que había utilizado el sexo para convencerle –sintió cómo se le sonrojaban las mejillas–. La policía encontró un armario lleno de minifaldas de cuero, blusas escotadas y lencería atrevida. Jason se empeñaba en que me vistiera de aquel modo cuando salíamos. Aquello fue suficiente para que los detectives me arrestaran antes de soltarme.

Dom deslizó el pulgar por el dorso de su mano mientras hacía un esfuerzo por contener la furia. Aquel malnacido no solo se había aprovechado de la adolescencia solitaria de Natalie y su deseo de familia, también la había presionado para que se vistiera de un modo que la hacía sentirse incómoda. No era de extrañar que se hubiera ido al otro extremo y se vistiera como una refugiada de guerra.

Todavía peor, Natalie no tuvo a quién pedir ayuda durante lo que debieron ser los momentos más humillantes de su vida. Ni padres que la consolaran, ni un hermano…

Pero ahora ya no estaba sola ni lo estaría en el futuro. No mientras Dominic pudiera. Aquella absoluta certeza le rodeó el corazón como un guante mientras la animaba a continuar.

–¿Qué hiciste entonces?

–Contraté a un abogado y anularon los cargos. Luego el abogado negoció con mi jefe –Natalie frunció el ceño–. Como los archivos no habían sufrido ningún daño, dije que desparecería en silencio si él accedía a que no figurara aquel desgraciado incidente en mi historial laboral. Recogí mis cosas y me marché de la ciudad. Trabajé en varias cosas hasta que…

–Hasta que empezaste a colaborar con Sarah –concluyó Dom al ver que ella no lo hacía.

Natalie se sonrojó por la culpabilidad.

–No le mentí, Dom. Rellené mis datos laborales con sinceridad. Sabía que comprobaría mis referencias, pero mi jefe mantuvo su parte del acuerdo y mis informes anteriores eran tan buenos que Sarah me contrató después de la primera entrevista.

Natalie apartó la cara.

–Sé que crees que debería habérselo dicho. Quería hacerlo. De verdad que sí. Pero pensé que si encontraba primero el Canaletto y se lo devolvía a su legítimo dueño, Sarah, Dev y la duquesa sabrían que no soy una ladrona.

–No eres una ladrona. Mírame, Natalie. No eres una ladrona, ni una estafadora ni una delincuente. Y ahora tengo dos preguntas que hacerte antes de que nos comamos este estofado que lleva demasiado tiempo enfriándose.

–¿Solo dos?

Le temblaba la voz y tenía todavía los ojos brillantes por las lágrimas.

–¿Dónde está ese tal Jason ahora?

–Cumpliendo diez años de condena en la prisión de Danville.

–Bueno, eso le libra de mi lista de personas a las que tengo que pegar. Por ahora.

Un amago de sonrisa asomó a labios de Natalie.

–¿Y cuál es la segunda pregunta?

–¿Cuánto tiempo vas a seguir manoseando ese trozo de pan?

Cuando Dom abrió la puerta del ático, Duque los recibió emocionado. Mientras Dom bajaba al perro, ella vació la maleta.

Guardó los artículos de aseo en el baño, la ropa interior en la esquina de una estantería del vestidor. Cuando sacó las blusas de la maleta torció el gesto.

Natalie sabía que no era alta ni glamurosa ni una supermodelo, pero tenía su propio estilo. Ahora recordaba que prefería pantalones de tela ajustados o vaqueros con túnicas y cinturones o chaquetas sobre camisas... hasta Jason.

Él quería que fuera más sexy, más llamativa. Natalie se estremeció al recordar cómo se había dejado convencer para llevar aquellas faldas minúsculas y los corpiños de encaje.

Luego se compró un guardarropa entero, esta vez de tía solterona con blusas y vestidos de lino sin forma. También dejó de usar maquillaje y empezó a recogerse el pelo en un moño. Incluso recurrió a unas gafas que no necesitaba. Para cumplir penitencia por sus pecados.

Seguía mirando las blusas dobladas cuando Dom y el perro volvieron.

–Ya no necesitas eso –le dijo él soltando la correa de Duque cuando vio lo que estaba haciendo.

Cuando Dom cruzó la estancia, cerró la maleta y

volvió a dejarla al lado del vestidor, Natalie experimentó una embriagadora sensación de libertad. Como si acabara de quitarse una segunda piel que le resultaba incómoda y poco natural.

Animada por la sensación, le lanzó una sonrisa a Dom.

–Si no quieres que siga arrasando con tu armario tendrás que llevarme otra vez de compras.

–Eres libre para ponerte todo lo que quieras de mi ropa. Aunque debo admitir que prefiero cuando no llevas nada –confesó él sonriendo también.

El deseo que le atravesó las venas fue claro, limpio y alegre. La vergüenza que había intentado enterrar durante tres largos años seguía todavía ahí, justo bajo la superficie. Sospechaba que todavía le quedarían trazas durante un tiempo. Pero por el momento se entregaría completamente a Dom.

Le rodeó el cuello con los brazos y permitió que la sonrisa de los ojos de Dom empezara a sanarle las heridas.

–Tengo que admitir que yo también te prefiero sin nada.

–Entonces sugiero que ambos nos quitemos la ropa.

Apenas consiguieron llegar a la cama. Una orden tajante impidió que Duque saltara encima de ellos, pero Natalie tuvo que hacer un esfuerzo para no mirar la expresión de reproche del perro hasta que las manos, la boca y la lengua de Dom le hicieron olvidarse de todo lo que no fuera él. Estaba embriagada de placer y medio dormida cuando él se acomodó en la curva de su cuerpo y le murmuró algo en húngaro.

–¿Qué significa eso?

–Duerme bien, cariño.

El corazón le dio un vuelco, pero no le pidió que se extendiera en aquella interesante traducción. Se acomodó contra su calor y se dejó llevar hacia un sueño profundo.

Se despertó a la mañana siguiente al escuchar un martilleo. Abrió un ojo y escuchó varios segundos antes de darse cuenta de que era la lluvia golpeando el tejado. Se acomodó bajo el edredón de plumas y solo volvió a salir cuando escuchó una voz a su espalda.

–El perro y yo vamos a salir a correr. Hay café hecho para cuando tengas ganas de levantarte.

Natalie se dio media vuelta.

–¿Vas a salir con esta lluvia?

–Ese es uno de los castigos de adoptar un perro. Necesita salir a hacer ejercicio aunque haga mal tiempo. Aunque lo cierto es que yo también lo necesito.

Natalie gruñó, profundamente agradecida de no estar invitada a participar en aquel ritual matinal.

–Traeré pasteles de manzana para el desayuno –dijo antes de dirigirse hacia la puerta seguido del entusiasmado perro–. Luego tendremos que ir a nuestras citas en la embajada y en la Administración de Impuestos y Aduanas.

–Y de compras –le recordó Natalie.

Le encantaba la idea de volver a llenar su armario de colores alegres y suaves texturas. Cuando Dom y Duque regresaron, ya se había duchado y vestido con unos vaqueros y camiseta sin mangas. También había hecho la cama y había pasado la aspiradora por el suelo de madera del ático. La sonrisa de bienvenida se le enturbió un poco al ver las huellas de los corredores en el brillante suelo. Pero tuvo que reírse cuando Duque se sacudió toda el agua desde el hocico hasta la cola.

Dom y ella disfrutaron de los pastales que había logrado proteger de la lluvia. Luego él también se fue a preparar. Salió del baño duchado, afeitado y guapísimo con unos vaqueros y un jersey marinero.

–Será mejor que lleves el archivo del Canaletto –le aconsejó él.

–Lo tengo –dijo Natalie dándole una palmada al maletín–. He hecho copias de los documentos principales por si acaso.

–Bien –Dom alzó la chaqueta que ella ya reclamaba como suya–. Y ahora ponte esto y en marcha.

Natalie agradeció el calor cuando entraron en el coche. La lluvia se había transformado en llovizna, aunque hacía frío. Pero ni siquiera el tiempo gris podía oscurecer la belleza del castillo mientras Dom subía por las calles de la colina y se unía al tráfico.

La embajada de Estados Unidos se encontraba en lo que una vez fue un elegante palacio que daba a un parque. Dom guio a Natalie hacia una entrada en la que había mucho menos cola para pasar el control de seguridad, y allí presentó su documentación de agente de la Interpol para poder acceder antes.

Remplazar el pasaporte perdido de Natalie les llevó menos de media hora. Tras firmar frente al oficial del consulado, el ordenador escupió una copia de los datos de su pasaporte.

Natalie dio un respingo al ver la foto que se había tomado cuando renovó el pasaporte hacía poco más de un año, pero le dio las gracias al oficial y guardó el documento en la bolsa con una sensación de incomodidad. Tendría que sentirse aliviada por haber recuperado la memoria y su identidad. Podría salir de Hungría en aquel mismo instante. Volver a Estados Unidos o a cualquier sitio al que le llevara su investigación. Entonces, ¿por qué lamentaba que el asunto del pasaporte hubiera tardado minutos en lugar de semanas?

La segunda cita no fue tan rápida ni salió tan bien. Los credenciales de la Interpol de Dom parecieron tener un efecto negativo en los dos oficiales de uniforme que encontraron en la agencia. Uno de ellos era una mujer de unos treinta y pico años que se presentó como Patrícia Czernek. El otro era un hombre mayor que saludó a Natalie con una educada inclinación de cabeza antes de enzarzarse con Dom en una acalorada discusión. No hacía falta ser un genio ni saber húngaro para darse cuenta de que estaban manteniendo una disputa.

Natalie se mantuvo alejada de la línea de fuego hasta que la mujer sacó el teléfono e hizo una llamada. Luego se giró hacia Natalie.

—Entonces, señorita Clark, por lo que cuenta el agente especial St. Sebastian, puede que esté usted al tanto del paradero de un cuadro de un maestro veneciano. Un cuadro que desapareció del castillo de Karlenburgh durante el levantamiento de 1956. ¿Podría contarnos, por favor, cómo llegó usted a ese conocimiento?

—Por supuesto.

Natalie sacó el archivo del Canaletto y le pasó a cada uno de los agentes una copia de la cronología que había elaborado antes.

—Esto resume mi investigación paso a paso. Como

pueden ver, comienza tres meses atrás con una búsqueda en Internet.

Los oficiales pasaron las hojas e intercambiaron una mirada. Dom se limitó a sonreír.

–Si van a la página tres, línea treinta y siete –continuó Natalie–, verán que he investigado unos documentos de la etapa soviética recientemente desclasificados relacionados con obras de arte pertenecientes al estado. Encontré un inventario de objetos que se llevaron del castillo de Karlenburgh. El inventario contiene más de dos docenas de valiosos tesoros, pero no está el Canaletto. Pero sé gracias a la gran duquesa Charlotte que el cuadro estaba colgado en el salón rojo el día que los soviéticos destruyeron el castillo.

Natalie les fue contando todo paso por paso. Su decisión de ir desde Viena a hablar con los residentes locales. Su encuentro en las ruinas con Friedrich Müller. Su referencia a un hombre que había preguntado previamente por el salón rojo.

–Janos Lagy –murmuró el agente alzando la vista–. ¿Habló usted con él sobre este cuadro?

–Sí.

–¿Y quedó en encontrarse con él en el barco?

–Eso fue idea suya, no mía. Desgraciadamente, no apareció.

–¿Tiene una grabación de esa conversación? –preguntó la agente Czernek esperanzada–. ¿En el móvil, tal vez?

–Perdí el bolso y el teléfono cuando me caí por la borda.

–Sí, el agente especial St. Sebastian nos contó su accidente –la agente frunció el ceño–. También vimos una copia del informe policial. Es muy extraño que nadie la viera caer del barco ni diera la alarma.

–Estaba en la poa y no me sentía muy bien. Además, esto sucedió a mitad de semana. No había muchos pasajeros a bordo.

–De todas formas… –la agente intercambió una breve mirada con su compañero–. Nosotros también tenemos un informe –dijo girándose otra vez hacia Natalie–. ¿Sería tan amable de echarle un vistazo a las fotos y decirme si reconoce a la persona que sale en ellas?

Sacó una carpeta y extrajo de ella tres fotos grandes. Una mostraba la imagen de un hombre con traje y corbata. La segunda era el mismo individuo vestido de esmoquin y sonriendo a la belleza que llevaba del brazo. En la tercera caminaba por una calle de la ciudad con un abrigo y un sombrero de fieltro.

–¿Reconoce a este hombre? –le preguntó Czernek mirándola fijamente.

Natalie volvió a observarlas. La sonrisa confiada, los ojos oscuros y el flequillo castaño. No le había visto nunca. Estaba segura.

–No, no le reconozco. ¿Es Lagy?

La agente asintió y dejó escapar un suspiro desilusionado. Natalie también estaba frustrada. La relación de Lagy con el Canaletto era muy débil, pero ella había seguido conexiones todavía más débiles. De pronto frunció el ceño y miró otra vez la foto de la calle.

–¡Él! –señaló con el dedo la figura que iba un poco por detrás de Lagy–. Reconozco a este hombre. Estaba en el barco.

–¿Está segura?

–Completamente. Cuando me mareé me preguntó si podía ayudarme, y le dije que no. No quería vomitarle en los zapatos –Natalie miró a la otra mujer con impaciencia–. ¿Sabe quién es?

–Es el guardaespaldas de Janos Lagy.

El aire del pequeño despacho pareció llenarse de pronto de emoción contenida. Natalie miró a los agentes y luego a Dom. Al parecer todos estaban al tanto de algo menos ella.

–¿Qué saben de Janos Lagy? –preguntó–. Por favor, pónganme al día. He recorrido toda Europa siguiendo la pista del Canaletto. He pasado semanas examinando archivos polvorientos. Me golpeé la cabeza y caí al Danubio. He estado casi una semana sin saber quién era. Así que creo que merezco una repuesta. ¿Qué pasa con Lagy?

Se hizo una breve pausa. Finalmente, Czernek dijo:

–Llevamos un tiempo vigilándole. Sospechamos que trafica con obras de arte robadas y que tiene una colección privada escondida en una caja fuerte en su casa. Desgraciadamente, no habíamos podido reunir pruebas suficientes para que el juez emitiera una orden de registro –los labios de Patrícia Czernek esbozaron una sonrisa–. Pero con lo que acaba de contarnos, tal vez ahora podamos conseguir esa orden.

Capítulo Trece

Después de todo lo que había hecho, de todo lo que había pasado, a Natalie le pareció fatal verse obligada a quedarse entre bambalinas en la fase final de la búsqueda que la había consumido durante tantas semanas.

El grupo de reunió a primera hora de la mañana siguiente a que Natalie hubiera identificado al guardaespaldas. Por muy tenue que fuera la conexión de Lagy con el Canaletto perdido, al combinarla con otras pruebas que la agencia había reunido sobre el banquero, fue suficiente para que un juez emitiera una orden de registro.

Dom salió del ático poco antes del amanecer para reunirse con el equipo que entraría en la villa del banquero, situada a las afueras de Budapest. Natalie se quedó en casa sin otra cosa que hacer más que pasear al perro, ir a la carnicería, limpiar el baño y volver a pasar la aspiradora.

–Esto no es justo –se quejó al perro a medida que transcurría la mañana–. Al menos alguien podría haber buscado la manera de contarme lo que está pasando.

Dominic no podía contactar directamente con ella. Eso ya lo sabía. El móvil de Natalie estaba en el fondo del Danubio y en el ático no había teléfono fijo. Pero podía haber llamado a sus vecinos y pedirle a Katya o a su padre que le dieran un mensaje.

Aunque seguramente existía alguna norma que impidiera transmitir información a los civiles sobre investigaciones en curso.

—Espero que eso no me incluya a mí.

El desabrido comentario hizo que el perro gimiera. Natalie se inclinó para acariciarle la cabeza.

—Lo siento, Duque. Solo estoy un poco enfadada con tu alter ego.

Enfadada y cada vez más preocupada a medida que la mañana se convirtió en tarde. Natalie estaba sopesando seriamente la posibilidad de bajar y preguntarle a Katya si podía usar su teléfono cuando escuchó unos pasos en la escalera de fuera.

—¡Por fin!

Corrió hacia la puerta seguida del perro, que ladraba emocionado. Al ver la sonrisa de Dom, todos los reproches que tenía desaparecieron. Lo único que pudo hacer fue reírse cuando la agarró por la cintura y empezó a dar vueltas con ella. Por supuesto, el perro se volvió loco.

—¡Basta, Dom! —le dijo finalmente por temor a que se cayeran por las escaleras—. Me estás mareando.

Él obedeció y se detuvo. La llevó hasta el umbral y cerró la puerta.

—Supongo que tienes a tu hombre, ¿verdad? —preguntó Natalie.

—Supones bien. Un momento.

Dom abrió la puerta de la nevera sin soltarla, y ella se le agarró al cuello mientras Dom sacaba dos botellines del congelador y la llevaba en brazos al sofá. Se dejó caer en los cojines con ella en el regazo y puso los pies en la mesita auxiliar.

Natalie se contuvo para no abrumarle con preguntas mientras Dom le ofrecía un botellín de cerveza. Ella negó con la cabeza y Dom quitó la chapa y echó la cabeza hacia atrás. Natalie observó fascinada cómo se bebía la mitad del contenido a grandes sorbos. No había tenido tiempo de afeitarse antes de salir, la barba incipiente le ensombrecía las mejillas y la barbilla. Y también se dio cuenta entonces de que tenía rasguños y heridas en los nudillos.

–¿Qué te ha pasado en los nudillos? –le preguntó alarmada.

–El guardaespaldas de Lagy se chocó contra ellos –un brillo oscuro y peligroso le asomó a los ojos–. Varias veces.

–¿Qué? ¿Por qué?

–Tuvimos una conversación privada sobre tu baño en el Danubio. Él negó tener alguna responsabilidad, por supuesto, pero no me gustó el modo en que curvó los labios al decirlo.

Natalie le miró boquiabierta. Había estado mucho tiempo sola. La idea de que Dom se hubiera erigido como su protector y vengador le llegó al corazón. Antes de que pudiera expresar las caóticas emociones que sentía, Dom empezó a contarle los detalles.

–Llegamos a la villa antes de que Lagy se fuera al banco. Cuando Czernek le mostró la orden de registro, no nos dejó entrar hasta que llegó su abogado.

–¿Te reconoció Lagy?

–Oh, sí. Hizo una broma sobre las historias de los periódicos, pero se le notaba que estaba nervioso al ver a un St. Sebastian aparecer en la puerta de su casa con un escuadrón armado de la Interpol.

–¿Qué pasó entonces?

–Nos tranquilizamos hasta que apareció su aboga-do. El muy desgraciado tuvo el valor de interpretar el papel de amo de la mansión y nos ofreció un café que nosotros aceptamos. Pero cuando llegó su abogado ya estábamos todos hartos de actuar con educación. El abogado se dobló como un acordeón cuando le mostra-mos la orden de registro –afirmó Dom con satisfac-ción–. Pusimos la villa patas arriba. Imagina nuestra sorpresa cuando el aparato de infrarrojos detectó una caja fuerte escondida tras un falso muro en el despacho de Lagy.

Dom hizo una pausa para quitarle la chapa al se-gundo botellín, y Natalie gruñó frustrada.

–¡No te atrevas a beber nada antes de contarme lo que había en la caja fuerte!

–Míralo tú misma –Dom la recolocó en el regazo, metió la mano en el bolsillo del pantalón y sacó una hoja doblada–. Esto es solo un inventario preliminar. Cada pieza tiene que ser examinada por un equipo de expertos para verificar su autenticidad.

Con las manos temblando de emoción, Natalie des-dobló la hoja y fue repasando las catorce obras.

–Oh, Dios mío.

En aquella lista estaban los nombres más importan-tes del mundo del arte. Edgar Degas. Josef Grassi. Thomas Gainsborough. Y allí, casi al final del todo, Giovanni Canaletto.

–¿Viste el Canaletto? –le preguntó a Dom sin alien-to–. ¿Es el que estaba en el castillo de Karlenburgh?

–A mí me lo pareció.

–¡No me lo puedo creer!

–Lagy tampoco se lo podía creer cuando Czernek llamó a un equipo para que se llevaran sus preciosos cuadros como pruebas.

Natalie repasó la lista de nuevo, asombrada por su variedad y su riqueza.

–Es increíble que consiguiera reunir una colección tan extensa. Debe valer cientos de millones.

–Tal vez adquiriera algunas obras de manera legítima. En cuanto al resto… –Dom apretó las mandíbulas–. Supongo que heredó varias pinturas de su abuelo. El castillo de Karlenburgh no fue la única residencia saqueada.

Natalie se apoyó sobre su pecho y devoró las breves descripciones de los cuadros sacados de la villa de Lagy. A algunos los reconoció al instante por la base de la Interpol de obras de arte perdidas y robadas. Sobre los demás iba a necesitar más información.

–Esto será un capítulo final fantástico para el libro de Sarah –afirmó emocionada–. Los editores estarán encantados. Un cuadro perdido durante décadas. La búsqueda de la nieta de la duquesa para encontrar la obra de arte perdida. La incursión para recuperarla, que además resulta que incluye al gran duque.

–No olvidemos el papel que juegas tú en la historia.

–Yo solo soy la asistente de investigación. Vosotros, los St. Sebastian, sois los protagonistas.

Dom la agarró del pelo y le echó la cabeza hacia atrás para darle un beso largo y apasionado. Ninguno de los dos se contuvo, se entregaron a aquel alivio de tensión y de celebración.

–Estoy deseando contarle esto a Sarah. ¡Y a la duquesa! ¿Cuándo crees que le devolverán el cuadro?

–No tengo ni idea. Primero tendrán que demostrar su autenticidad y luego seguir la pista a su procedencia. Si Lagy puede demostrar que lo compró en alguna galería o a otro coleccionista, entonces el proceso podría durar meses.

–O más –murmuró ella arrugando la nariz–. ¿Puedes hacer uso de tu influencia como noble y acelerar el proceso?

–¿Qué impaciente eres, ¿no?

–¡No lo sabes tú bien! –Natalie se levantó de su regazo para sentarse a su lado en el cojín–. Vamos a llamar a Sarah por videoconferencia. Quiero ver su reacción cuando se lo contemos.

Pillaron a Sarah a medio vuelo a bordo del jet privado de Dev. En cuanto Dom conectó, la jefa de Natalie le preguntó con angustia:

–¿Cómo está Natalie? ¿Ha recuperado la memoria?

–Sí.

–¡Gracias a Dios! ¿Dónde está ahora?

–Aquí, a mi lado. Espera –giró el móvil para captar el rostro ansioso de Natalie.

–Hola, Sarah.

–¡Oh, Natalie, nos tenías muy preocupados! ¿De verdad estás bien?

–Mejor que bien. ¡Hemos localizado el Canaletto!

–¿Qué? –Sarah giró la cabeza hacia un lado–. ¡Dev, no te lo vas a creer! ¡Natalie ha encontrado el Canaletto de la abuela!

–No he sido yo sola –protestó Natalie dirigiéndole una sonrisa a Dom–. Fue un esfuerzo en equipo.

Cuando volvió a mirar a la pantalla, Sara tenía las cejas alzadas.

–Bueno –dijo tras una breve pausa–, si tengo que formar equipo con alguien que no sea mi marido, Dominic sería sin duda el primero de la lista.

Natalie sintió que se le sonrojaban las mejillas, pero no respondió a la curiosidad que encerraba la respuesta de su jefa. Sobre todo porque no sabía cómo definir el «equipo» que había formado con Dom, y mucho menos predecir cuánto iba a durar. Pero no pudo contener una sonrisa de oreja a oreja mientras relataba los acontecimientos de los días pasados. Sarah abría cada vez más los ojos con la historia.

–Todo esto resulta increíble –dijo al final–. Estoy deseando contarle a la abuela que ha aparecido el Canaletto.

Dom se inclinó sobre el hombro de Natalie.

–Tendrán que reunir un equipo de expertos para comprobar la autenticidad de cada pintura y validar su proveniencia. Eso podría llevar varios meses.

El rostro de Dev apareció al lado del de su esposa en la pantalla.

–Veremos qué podemos hacer para acelerar el proceso, al menos en lo que al Canaletto se refiere.

–Tenemos que actualizar el capítulo del Canaletto, Natalie –intervino Sarah–. Y si nos ponemos a ello, podríamos terminar el borrador final del libro en dos o tres semanas. ¿Cuándo puedes volver a Los Ángeles?

–Eh, yo…

–Olvídalo. En lugar de volver directamente a casa, podemos reunirnos en Nueva York. Me gustaría que hablaras tú personalmente con mi editora para ponerla

141

al día. Sé que querrá aprovechar la publicidad que todo esto va a generar. Después podemos volar a Los Ángeles desde allí.

No podía decirle que no. Sarah St. Sebastian Hunter le había ofrecido el trabajo de su vida. A Natalie no solo le encantaba el trabajo, también agradecía el generoso sueldo y los beneficios que conllevaba. Le debía a su jefa lealtad y una total dedicación hasta que el libro estuviera en las librerías.

–Ningún problema. Puedo reunirme contigo en Nueva York cuando quieras.

–Me encargaré de que haya un billete esperándote en el aeropuerto.

Sarah colgó tras prometer que volvería a llamar cuando supiera la fecha y el sitio exacto de la reunión. Dominic dejó el teléfono sobre la mesita auxiliar y se giró hacia Natalie.

Ella no fue capaz de mirarle a los ojos. Unos instantes atrás estaba plena de felicidad. Y en cuestión de segundos había vuelto a la cruda y fría realidad. Tenía un trabajo, responsabilidades, una vida en Estados Unidos. Y ni ella ni Dom habían hablado de ninguna alternativa. Pero la idea de dejar Hungría le abría un agujero en el corazón.

–Sarah ha sido muy buena conmigo –dijo rompiendo el silencio–. Tengo que ayudarla a darle los últimos toques a su libro.

–Por supuesto. Yo también debo volver al trabajo. Llevo fuera demasiado tiempo.

Natalie se tiró del bajo de la camiseta prestada. Debería pedirle a Dom que la llevara de compras. No podía presentarse a una reunión con la editora de Sarah vestida con vaqueros y camiseta sin mangas, y mucho menos con una camiseta de fútbol de hombre.

Trató de disimular su tristeza ante la idea de irse, pero Dom debió darse cuenta porque le pasó un dedo bajo la barbilla y le levantó el rostro hacia el suyo.

–Tal vez esto sea lo mejor. Has pasado por mucho en muy poco tiempo. La caída al Danubio. La pérdida de memoria. Yo –dijo con una sonrisa–. Necesitas dar un paso atrás y tomar aire.

–Seguramente tengas razón –murmuró ella.

–Sé que la tengo. Y cuando hayas ayudado a Sarah a terminar su libro, tú y yo decidiremos qué hacer a partir de ese momento, ¿de acuerdo?

Natalie quería creerle. Deseaba arrojarse en sus brazos y hacerle jurar que aquello no terminaría.

Dominic atajó sus pensamientos levantándose del sofá y tirando de ella.

–Vamos, ya que es tu última noche en Budapest, deberíamos hacerla inolvidable.

Como la ciudad tenía una arquitectura espectacular, ópera, impresionantes catedrales, palacios y un romántico castillo sobre una colina iluminado por la luz de la luna, Natalie no podía imaginar cuál sería el lugar favorito de Dom. Ella desde luego no habría escogido el café al que la llevó en el lado Pest del río. Era pequeño, ruidoso y lleno de hombres que llevaban camisetas de rayas rojas y negras como la que tenía puesta ella. La mayoría eran de la edad de Dom. Muchos rodeaban con el brazo la cintura o los hombros de mujeres que reían y cantaban.

Fueron recibidos con gran efusión, palmadas en la espalda y más de una broma con lo de «su majestad» o «gran duque». Dom le presentó a tanta gente que Natalie ni siquiera trató de recordar los nombres. Mientras corría la cerveza y sus amigos pasaban educadamente al inglés para incluirla en la conversación, se enteró de que iban a ver un partido de la Eurocopa. Hungría había sido eliminada en los cuartos de final para disgusto de todos los clientes del bar, pero habían decidido apoyar a su antiguo rival, Eslovaquia.

Con tanta gente y tan poco espacio, Natalie vio el partido sentada en el regazo de Dom. Estaba sorda por el ruido, sus piernas se rozaban con las de los desconocidos, olía a cerveza y a sudor masculino, y ella disfrutó de cada minuto. El ruido, la emoción, el color, el posesivo brazo de Dom alrededor de su cintura. Almacenó cada impresión sensorial, cada aroma, cada sonido y cada imagen para poder recuperarlos más tarde. Cuando estuviera otra vez en Nueva York o en Los Ángeles o adonde fuera a parar tras la publicación del libro de Sarah.

Se negó a pensar en la incertidumbre del futuro mientras duró el partido. Y cuando Dom y ella sacaron al perro a dar un paseo. Y cuando volvieron al ático y él la pasó el brazo por la cintura mientras Natalie miraba hacia el ventanal, disfrutando de su última vista del parlamento y del río.

–Es precioso –murmuró.

–Como tú –afirmó Dom mordisqueándole la oreja.

–¡Ja! Lo dudo.

–Tú no ves lo que yo veo.

Dom la giró y la mantuvo en sus brazos.

–Tienes la piel muy, muy suave. Y tus ojos reflejan tu alma. Eres muy inteligente, muy valiente, incluso cuando estabas asustada porque temías no volver a recuperar nunca la memoria.

Dom sonrió y le pasó los dedos por el pelo.

–Me encantan los reflejos dorados que se te ponen con el sol. Y sí, tu barbilla muestra un poco de obstinación, pero tus labios… No tienes ni idea de lo que me provoca ese puchero que haces.

–Los niños hacen pucheros –protestó ella–. Las bellezas voluptuosas con colágeno en los labios hacen pucheros. Yo solo expreso…

–Desaprobación –la interrumpió Dom mordiéndole el labio inferior–. Desdén. Disgusto. Todo eso lo vi en tu rostro el día que te conocí. Entonces me pregunté si podría conseguir que esos mismos labios temblaran de placer y susurraran mi nombre.

Los besos que le estaba dando consiguieron el primero de los objetivos. Dominic St. Sebastian era sin duda el hombre adecuado. El único hombre que quería en su corazón. En su vida. Pero no se lo diría a él. Su única incursión al amor la había dejado con demasiada carga. Demasiadas dudas e inseguridades. Y se marcharía por la mañana. Aquello era lo que bloqueaba principalmente las palabras que deseaba decir.

Pero no impidió que le tomara el rostro entre las manos mientras le besaba largamente. Ni que le desnudara despacio, saboreando cada músculo, cada plano duro de su cuerpo. Ni que gimiera su nombre cuando Dom los llevó a ambos a un clímax demoledor.

Capítulo Catorce

Natalie no podía decir que las siguientes cinco semanas fueran un completo espanto.

Su prioridad cuando aterrizó en Nueva York fue renovar su vestuario antes de la reunión con Sarah y los editores. Tras registrarse en su hotel fue de compras. Sarah sonrió con gesto de aprobación al ver el traje de chaqueta azul marino discreto pero ajustado y la camisa amarilla de su asistente.

La sonrisa se le agrandó todavía más cuando Natalie y ella salieron de la reunión en Random House. Los editores se mostraron entusiasmados por lo cerca que estaba de terminar el manuscrito y querían echarle un ojo al borrador final.

Tras una segunda reunión para hablar de la promoción con la antigua jefa de Sarah en la revista *Beguile,* las dos mujeres volaron a California y se pusieron manos a la obra. Pasaron la mayor parte del tiempo en el espacioso despacho con ventanales de la mansión que compartía con Dev.

El borrador final tenía veintidós capítulos, cada uno de ellos dedicado a un tesoro perdido. El capítulo final estaba dedicado al Canaletto y tenía un espacio para una foto del cuadro regresando a manos de su legítima dueña. Si es que alguna vez se producía ese momento.

El proceso de autentificación estaba tardando más

de lo que los St. Sebastian esperaban. Ahora estaban implicadas varias compañías de seguros ansiosas por recuperar los cientos de miles de dólares que habían pagado a lo largo de los años.

Dominic, Dev Hunter y Jack Harris habían hecho todo lo posible por acelerar el proceso. Dev se ofreció a financiar parte del esfuerzo. Jack ayudó a facilitar la coordinación entre las agencias internacionales afectadas. Para su disgusto, Dom no regresó a su puesto de agente secreto. Su jefe de la Interpol le asignó la labor de hacer de enlace con el equipo de recuperación. No le gustó la idea, pero logró relacionar a Lagy con varios marchantes del mercado negro y con galerías sospechosas de traficar con obras de arte robadas.

Mantenía a Sarah y a Natalie al tanto de los progresos del equipo con correos y mensajes. Las llamadas personales llegaban por la noche, cuando Natalie regresaba a su apartamento. El sonido de la voz de Dom le hacía sentir una mezcla de anhelo y soledad.

Las dudas empezaron a surgir cuando llevaba varias semanas en casa. Dom parecía distraído cuando la llamaba. Tras casi un mes, Natalie tenía la sensación de que tenía que hacer un esfuerzo por mantener cualquier conversación que no estuviera relacionada con el proceso de autentificación.

Sarah pareció darse cuenta de la creciente incomodidad de su asistente. No se inmiscuyó, pero se había hecho una idea de lo ocurrido entre su primo y Natalie durante el tiempo que estuvieron juntos en Budapest. Se hizo una idea todavía más clara cuando dejó caer lo que le pareció una pregunta sin importancia una tarde lluviosa.

–¿Te dio Dom alguna esperanza sobre el Canaletto la última vez que hablaste con él?

Natalie no alzó la vista del ordenador.

–No.

–Maldición. Se supone que la semana que viene tenemos que ir a Nueva York a otra reunión con Random House. Odio estar dándoles largas. Tal vez podrías presionar a Dom un poco más la próxima vez que hables con él.

–No... no sé cuándo será eso.

Natalie vio por el rabillo del ojo cómo Sarah alzaba la cabeza. Se revolvió en la silla del escritorio y miró a su jefa con la mayor neutralidad posible.

–Dom ha estado ocupado... la diferencia horaria... es difícil encontrarnos cuando volvemos a casa y...

La fachada se derrumbó sin previo aviso. Un minuto antes estaba fingiendo una brillante sonrisa y dos segundos después tragaba saliva mientras juraba para sus adentros que no lloraría.

–Oh, Natalie –los cálidos ojos marrones de Sarah se llenaron de simpatía–. Estoy segura de que se trata justo de lo que has dicho. Dom está ocupado, tú también, estáis en diferentes continentes...

–Y los periódicos sensacionalistas están otra vez encima de él –dijo Natalie con una sonrisa débil.

–Lo sé –Sarah torció el gesto–. Uno de estos días aprenderé a no confiar en Alexis.

Su antigua jefa le había jurado que ella no filtró la historia. Pero en cuanto llegó a la prensa, *Beguile* sacó un reportaje a color de cuatro páginas sobre el miembro de la realeza más sexy de Europa y su papel en el descubrimiento de una obra de arte robada de cientos de millones. Aunque el reportaje no revelaba que Dom trabajaba para la Interpol, insinuaba un lado oscuro y oculto del duque. Incluso mencionaba que tenía un perro que tal vez estuviera entrenado para la defensa contra ataques terroristas. Natalie se hubiera reído si la foto en la que salían Dom y Duque corriendo por el parque no le hubiera atravesado el corazón como un cuchillo.

Como consecuencia, no estaba de humor para celebraciones cuando se reunió para cenar con Sarah y Dev y con el extraordinario jefe de operaciones de este último, Pat Donovan, para celebrar el final del libro. Sonrió cuando tenía que hacerlo y alzó la copa de champán en cada brindis, pero empezó a mascullar incoherencias cuando Sarah habló de la posibilidad de escribir a continuación un libro sobre los setecientos años de colorida historia de Karlenburgh.

–Por favor, Natalie, dime que trabajarás conmigo en la investigación. ¿Considerarías un contrato de un año con opción de dos más? Te pagaré el doble de lo que te pago ahora el primer año, y podemos negociar tu sueldo para los dos siguientes.

Natalie estuvo a punto de tragarse la lengua.

–Ya me estás pagando el doble de lo que cobra un investigador normal.

Dev se inclinó sobre la mesa y rodeó la mano de Natalie con la suya.

–Tú no eres solo una investigadora. Te consideramos un miembro de la familia.

–Gra-gracias.

Natalie se negaba a dejarse llevar por la fantasía de formar parte de su clan.

La cena se le atragantó al pensar en encontrarse con Dom en la presentación del libro de Sarah dentro de seis u ocho meses. O de cruzarse con él si volvía a Hungría para investigar la historia de los St. Sebastian.

–Estoy abrumada por la oferta –le dijo a Sarah con una sonrisa agradecida–. ¿Puedo tomarme un tiempo para pensármelo?

–¡Por supuesto! Pero date prisa, ¿de acuerdo? Quiero informar a mis editores de la idea cuando nos reunamos con ellos la semana que viene.

Antes de que Natalie pudiera considerar siquiera la oferta de Sarah, tenía que ser clara. A la maña siguiente pasó por la vergüenza de contarle toda la historia de su detención cuando era archivista para el Estado de Illinois. Sarah la escuchó con los ojos muy abiertos pero se negó en rotundo a retirar su oferta.

–Oh, Natalie, siento mucho que ese malnacido te engañara. Lo único que puedo decir es que tiene suerte de estar entre rejas. Aunque más le vale andarse con cien ojos cuando salga. Tanto Dev como Dominic tienen muy buena memoria.

Aliviada por el apoyo incondicional de Sarah pero llena de dudas respecto a Dom, Natalie todavía seguía pensándose la decisión el martes siguiente cuando un taxi las dejó a ella y a Sarah en el edificio de la editorial.

Era la tercera vez que acompañaba a su jefa a aquella catedral de las publicaciones, pero las enormes estanterías llenas de libros seguían impresionándola. Mientras esperaban a que les recibieran.

Natalie iba a sacar el móvil para hacer una foto cuando un ladrido atravesó el murmullo del vestíbulo. Se dio la vuelta con la boca abierta mientras una bala blanca y marrón corría hacia ella.

–¡Duque! –le agarró las dos patas que le puso en el vientre y cayó de rodillas–. ¿Qué…? ¿Cómo…? ¡Para, para!

Riéndose, giró la cabeza para evitar los lametones del perro. La visión de Dom de pie en la puerta del vestíbulo la dejó sin aire en los pulmones. Dejó caer los brazos que sostenían al animal y ambos rodaron por el suelo.

Escuchó unos pasos. Una voz histérica gritaba que había que llamar a la policía para que se llevaran al animal. Dom cruzando el vestíbulo para hacerse cargo de la situación.

Cuando por fin se tranquilizó el caos, ayudó a Natalie a ponerse de pie y la estrechó entre sus brazos.

–El perro y yo queríamos darte una sorpresa, no causar un alboroto.

–¿Qué estás haciendo aquí?

–Llamé a la oficina de Sarah para hablar contigo y me dijeron que las dos estabais en Nueva York.

–Pero… pero… –Natalie no podía unir el cuerpo con la mente–. ¿Cómo sabías que estaríamos aquí, en la editorial? Ah, ya entiendo. Hiciste tus cosas de James Bond, ¿verdad?

–Sí.

–Sigo sin entenderlo… ¿qué hacéis Duque y tú aquí?

–Te echábamos de menos.

Aquella sencilla declaración brilló como un arcoíris

151

llenando de color las ilusiones y los sueños que se habían vuelto grises.

–Tenía planeado esperar a poder traer el Canaletto –le dijo Dom apoyando la frente en la suya–. Quería que estuvieras conmigo cuando le devolviéramos el cuadro y todos los recuerdos que encierra a la duquesa. Pero cada día y cada noche sin ti me estaban reconcomiendo. Seguramente lo notarías cuando te llamaba, pero…

–Lo notaba –intervino Natalie.

–Estaba frustrado y de mal humor –terminó él con una sonrisa.

Natalie iba a contarle que no era el único que lo estaba pasando mal, pero Dom impidió cualquier respuesta tomándole la cara entre las manos.

–Quería esperar para decirte que te amo, *drágám*. Quería darte tiempo, que volvieras a tomar tierra. También me preocupaban las semanas y los meses que mi trabajo me llevaría fuera. Igual que el tuyo, si aceptas la oferta que me ha contado Dev. Sé que tu trabajo es importante para ti como el mío lo es para mí. Podemos arreglarlo, ¿verdad?

Natalie había dejado de escuchar después del «te amo», pero pilló la última pregunta.

–Sí –jadeó sin tener ni idea de a qué estaba accediendo–. ¡Sí, sí, sí!

–Entonces, ¿aceptas esto?

Ella bajó la vista y se rio cuando Dom le puso un pin con el emblema de su camiseta de fútbol en la solapa de la chaqueta.

–Tendrá que servir –le dijo él con una mirada que prometía el amor, el hogar y la familia que Natalie siempre había anhelado–. Hasta que encontremos un anillo de compromiso digno de la prometida del gran duque de Karlenburgh, ¿sí?

–¡Sí!

Como si no hubiera bastantes cosas que tuvieran a Natalie bailando en una nube, la hermana de Dom, Sarah, la duquesa, Gina y su marido llegaron con las gemelas la tarde siguiente. Estaban buscando una casa, le contó Gina a la familia. El senado tenía que confirmar todavía el nombramiento de Jack como embajador de Estados Unidos en Naciones Unidas, pero el jefe del comité de asuntos exteriores le había asegurado que la votación era una mera formalidad.

Charlotte tenía el corazón henchido de orgullo cuando deslizó la mirada por el salón y se detuvo unos instantes en sus preciosas nietas atendidas por una radiante Natalie y una Zia cansada pero feliz. Cuando María se unió a ellos con una bandeja de quesos y aceitunas, el único que faltaba era Dev.

–He estado pensando –le dijo Jack a Dom en voz baja mientras paladeaban un brandi– que ahora que tu cara ha aparecido en las portadas de toda Europa, tus días como agente secreto deben estar contados.

Dom torció el gesto.

–Eso piensa mi jefe. Ha estado intentado convencerme para que acepte la dirección de la división del crimen organizado en la oficina central.

–Un trabajo de despacho en Lyon no puede estar mal, pero, ¿por qué no aprovechar el tirón de tu título para recuperar millones de dólares en obras de arte robadas y darles un buen uso? –los ojos azules de Jack le sostuvieron la mirada–. Mi futuro jefe en las Naciones Unidas cree que el gran duque de Karlenburgh sería un agregado cultural magnífico. Él y su encantadora esposa serían aceptados en todas partes, tendrían acceso a los círculos sociales más elevados… y a la información.

A Dom se le aceleró el pulso. Ya había decidido aceptar el ascenso e instalarse en Lyon. No podía someter a Natalie a las incertidumbres y peligros asociados a su actual ocupación. Pero en el fondo temía la monotonía de un trabajo de nueve a cinco.

–¿Agregado cultural? –murmuró–. ¿Qué implicaría eso exactamente?

–Lo que tú quisieras. Y tendrías la base aquí, en Nueva York, rodeado por la familia. Algo que no siempre es bueno –añadió Jack con ironía cuando una de sus hijas agarró del pelo a la otra y tiró con fuerza.

–No –protestó Dom mirando cómo Natalie tomaba en brazos a la gemela llorosa y la consolaba con un beso–. La familia es algo muy bueno. Sobre todo para alguien que nunca la ha tenido. Dile a tu futuro jefe que para el gran duque de Karlenburgh sería un honor aceptar el puesto de agregado cultural.

Epílogo

Ayer fue uno de los días más memorables de mi larga y rica vida. Estaban todos allí, mi creciente familia. Sarah y Dev. Gina, Jack y las gemelas. Dominic y Natalie. Zia, María, e incluso Jerome, nuestro portero, que se empeñó en acompañar a los mensajeros hasta el apartamento. No me avergüenza confesar que lloré cuando sacaron el cuadro de la caja.

El Canaletto que mi marido me regaló hace mucho tiempo cuelga ahora de la pared de mi dormitorio. Es lo último que veo cuando me duermo y lo primero que me encuentro al despertarme. ¡Ah, y los recuerdos que me trae entre la oscuridad y el alba! Dominic quiere llevarme de visita a Hungría. Natalie y Sarah, que están profundizando en la historia de nuestra familia, también están de acuerdo. Yo les he dicho que volveré si Dom me permite investirle formalmente con el título de gran duque en un evento de gala que Gina está deseando preparar.

Luego nos instalaremos hasta que Zia termine su residencia. Trabaja hasta la extenuación, pobrecita mía. Si María y yo no la obligáramos a comer y a robar al menos unas horas de descanso, se quedaría dormida de pie. Hay algo más poderoso que la determinación que la lleva a acabar la residencia. Algo de lo que no quiere hablar, ni siquiera conmigo. Me digo a mí

misma que debo ser paciente. Esperar a que esté pre-
parada para compartir el secreto que se esconde tras
su seductora sonrisa y su impresionante belleza. Sea lo
que sea, sabe que puede contar conmigo. Después de
todo, somos St. Sebastian.

Del diario de Charlotte, gran duquesa de Karlenburgh.

CÓMO SEDUCIR A UN MILLONARIO

ROBYN GRADY

El implacable tiburón de las finanzas Jack Reed se proponía hacerse con Lassiter Media, pero Becca Stevens, directora de la fundación benéfica de la empresa, estaba dispuesta a enfrentarse a él con todos sus medios para salvarla. Le pidió a Jack que le concediera una semana para demostrarle el trabajo que hacía la organización. Becca quería mostrarle el daño que hacía con su implacable búsqueda de poder y riqueza, y  Jack decidió seguirle el juego al verlo como la oportunidad perfecta para llevársela a la cama.

¿Y si al caer en la trampa de Jack,
ella no quería escapar?

¡YA EN TU PUNTO DE VENTA!

Acepte 2 de nuestras mejores novelas de amor GRATIS

¡Y reciba un regalo sorpresa!

Oferta especial de tiempo limitado

Rellene el cupón y envíelo a
Harlequin Reader Service®
3010 Walden Ave.
P.O. Box 1867
Buffalo, N.Y. 14240-1867

¡Sí! Por favor, envíenme 2 novelas de amor de Harlequin (1 Bianca® y 1 Deseo®) gratis, más el regalo sorpresa. Luego remítanme 4 novelas nuevas todos los meses, las cuales recibiré mucho antes de que aparezcan en librerías, y factúrenme al bajo precio de $3,24 cada una, más $0,25 por envío e impuesto de ventas, si corresponde*. Este es el precio total, y es un ahorro de casi el 20% sobre el precio de portada. !Una oferta excelente! Entiendo que el hecho de aceptar estos libros y el regalo no me obliga en forma alguna a la compra de libros adicionales. Y también que puedo devolver cualquier envío y cancelar en cualquier momento. Aún si decido no comprar ningún otro libro de Harlequin, los 2 libros gratis y el regalo sorpresa son míos para siempre.

416 LBN DU7N

Nombre y apellido	(Por favor, letra de molde)	
Dirección	Apartamento No.	
Ciudad	Estado	Zona postal

Esta oferta se limita a un pedido por hogar y no está disponible para los subscriptores actuales de Deseo® y Bianca®.
*Los términos y precios quedan sujetos a cambios sin aviso previo.
Impuestos de ventas aplican en N.Y.

SPN-03   ©2003 Harlequin Enterprises Limited

Se había casado únicamente para salvar a su familia… pero despreciaba a su marido

Por mucho que odiase al hombre con el que se había casado, Briar Davenport tenía que admitir que se volvía loca con solo sentir sus caricias.

A pesar del placer que Daniel Barrentes le daba en el dormitorio, lo suyo nunca sería otra cosa que un matrimonio de conveniencia… ¿o quizá sí? A medida que se iban desvelando los secretos, Briar empezó a darse cuenta de que Daniel no era como ella creía…

BODA POR VENGANZA
TRISH MOREY

Deseo

QUINN

En deuda con el magnate

EMILY McKAY

Su matrimonio nunca se había consumado, porque el poderoso padre de la novia lo había impedido. Y después de ser expulsado de la ciudad, Quinn McCain se había propuesto olvidar a Evie Montgomery. Años después, la mujer con la que una vez estuvo casado apareció en su oficina para pedirle dinero. ¡Cómo habían cambiado las tornas!

A cambio de ayudarla, Quinn deseaba lo único que le había sido negado, pero esa vez el juramento de amor no entraría en el trato.

Tendría su noche de bodas